戦国の教科書

天野純希
今村翔吾
木下昌輝
澤田瞳子
武川佑
矢野隆

解説・ブックガイド
末國善己

講談社

戦国の教科書

⦿目次

下剋上・軍師

1限目
一時(いっとき)の主(あるじ)……矢野 隆
007

解説・ブックガイド①
042

2限目
合戦の作法
又左(またざ)の首取り……木下昌輝
051

解説・ブックガイド②
096

3限目
海賊
悪童たちの海……天野純希
103

解説・ブックガイド③
140

4限目 戦国大名と家臣

鈴籾(すずもみ)の子ら ……… 武川 佑 147

解説・ブックガイド④ 188

5限目 宗教・文化

蠅(はえ) ……… 澤田瞳子 195

解説・ブックガイド⑤ 234

6限目 武将の死に様

生滅(しょうめつ)の流儀 ……… 今村翔吾 241

解説・ブックガイド⑥ 276

ブックガイド 作品リスト 282

ブックデザイン　坂野公一 (welle design)

イラスト　岡田 丈

学生時代、
こんな授業が受けたかった！

「歴史を知っている」とは、一体どういうことでしょう？ 単語？ 年号？ それとも事件や、それが起こった因果関係でしょうか？

おそらく、そのすべてだと思います。

でも、それだけではきっと十分ではないでしょう。

その時代を生きた人々の営みや社会、文化、慣習、はたまたその時代特有の空気なども、歴史を知るうえで重要な要素だと思います。

このたび、歴史時代小説界を代表する6人の気鋭の作家が腕を奮い、戦国時代を知るうえで重要な6つのテーマを軸に、特色ある短編を描き出しました。本書を読めばきっと、登場人物たちの迫力に満ちたドラマを体感しながら、先に記した歴史のさまざまな要素を、まるごとつかむことができるでしょう。

さらに、短編の後に掲載された解説とブックガイドを参照すれば、戦国時代の大切な知識を余すことなく獲得することができるはずです。

大人も、子どもも、学生さんも。

歴史が好きな方も、苦手な方も。

面白くて、ためになる知的冒険への旅に、いっしょに出かけてみませんか？

1限目

一時(いっとき)の主(あるじ)　矢野 隆

下剋上・軍師

その時、太閤秀吉は御伽衆を集めて談笑していたという。

「儂が死んだ後、天下を手にするのは誰であろうかのぉ」

ほがらかな春の陽がさす聚楽第の自室で、日頃から気安く語らいあっている御伽衆を前にして、太閤はいつにもまして上機嫌であったという。己の死後、豊臣家の天下を簒奪する者は誰か、などという話をみずから持ちかけるなど、普段のあの男からは考えられなかった。小田原攻めの勝利とその後の奥州仕置によって、天下は太閤のものになった。主、信長ですらなしえなかった偉業を成しとげ、心が晴れやかだったのは容易にうかがわれる。

「みな忌憚なく申してみよ。戯言じゃ戯言。誰の名がでても、儂はいっこうに気にせぬ。遺恨は残さぬゆえ申してみよ」

貧相な口髭をふるわせて、太閤は声をあげて笑ったという。

「では申しあげまする……」

秀吉とさほど年のかわらぬ禿頭の男が口火を切ったそうだ。

「某が思うに、徳川殿かと」

「やはり最初にその名が出るか」

家康はこの時、小田原征伐の功により、関東八国を手中におさめたばかり。豊臣家の家臣のな

かで領国は抜んでいた。

ひとりが答えると、我も我もと後につづく。

「前田殿かと」

「犬千代か」

若き頃からの呼び名を口にして秀吉は笑った。犬千代こと前田利家は、秀吉の長年の盟友であ

り家康に次ぐ大身である。

「では拙者は上杉殿を」

軍神と讃えられた先代によって培われた武威の気風が残る北国の雄の名を、ある者は答えた。

「それでは私は毛利殿かと」

小国の国人から中国の覇者にまで登り詰めた名家の名が挙がる。

「うむう。やはりその辺りの名が出るようじゃの」

満面に笑みをたたえてはいるが、秀吉はどこか不服そうだったという。御伽衆などしょせんは

話し相手。主の機嫌を損なえばそれまで。誰ひとりとして太閤の顔色の変化に気付かなかった者

はいなかっただろう。

「もうおらぬか」

太閤はおだやかに問うたそうだ。いい歳をして話し相手しかできぬ男たちが雁首をそろえて、

秀吉の頭のなかにある名を探り当てようと躍起になった。

だが、最後までその名はでなかったという。

「御主たちはひとり、忘れておるぞ」

勝ち誇ったように秀吉は生白い顔をした男どもに言ったそうだ。

「官兵衛よ」

＊

この話を人づてに聞いた時、官兵衛は隠居を決意した。思えば官兵衛の心の最奥にあるものを的確に見抜いていたのは、あの猿面冠者だけだったように思う。

主が面白がる話はないかと、大名らの世間話から巷間の民の噂まで、あらゆることに耳をそばだてている御伽衆たちですら、官兵衛が奥底に秘めた野心には気付かなかった。黒田官兵衛孝高は太閤殿下の忠実な腹心だという揺るぎない観念が、彼等の頭から官兵衛の陰鬱な顔を消してしまったのだ。

あれから十一年が経ち、官兵衛は五十五になった。二十二の時に家督を譲られた息子の長政は三十三だ。

人間五十年……。

すでに五年も余計に生きている。

「まだまだ終れぬわ」

真っ白に染まり伸びに伸びて簾のように目をおおう眉毛の下に怪しき光をたたえ、官兵衛は誰に言うでもなくつぶやいた。

眼前に広がる豊前中津の街は、むせかえるほどの熱気に包まれている。黒田家豊前十二万石の中心である中津は、銭の匂いを嗅ぎつけた荒くれ者たちで埋め尽くされていた。

秀吉の九州征伐と、その後の仕置によって九州在地の国人領主たちのなかには所領を失った者も大勢いた。それでなくても豊前の大友、薩摩の島津、肥前の龍造寺らによる長年の戦のせいで、主を失ったあぶれ者たちが九州には満ち溢れていたのである。銭が無く、戦うことしか能の無い者たちが九州には山ほど余っていた。

戦働きを求める者たちを黒田官兵衛が求めている。中津に赴けば、銭がもらえる。官兵衛はそう触れ回り、浪人たちを募ったのだ。

思惑どおり、腹を空かせた男どもが中津に殺到した。

乱暴な足音が、天守の最上階にただ一人立つ官兵衛へと近づいてくる。長年聞き慣れた音であった。振り返らずとも誰だかわかる。

「大殿っ」

背後に立った大男が叫ぶように言った。黒い染みに覆われた顔をしかめつつ、官兵衛は肩越しに声の主をにらんだ。

「耳が悪うなったと、儂は一度でも申したか。それとも御主がすぐに物事を忘れてしまうのか。儂は幾度御主に無駄に吠えるなと言ったか、覚えておるか」

もう数十度吐き続けてきた問いを大男に投げかけた。答えはすでにわかっている。官兵衛が立つ戦場の最前線に常に立っていた男は、胸を張って笑う。

「そんなことはどうでもよいのです」

ほらこれだ、と官兵衛は肩越しに男をにらみつけたまま溜息を吐く。都合が悪いことはすべて聞き流す。

「栗山殿が困り果てておられまするっ」

「じゃからもう少し小さい声でしゃべれぬのか、太兵衛」

官兵衛は男の名を呼んだ。母里太兵衛友信といえば、黒田家中だけではなく諸大名にまで名が広まっている豪の者である。福島正則と呑み比べの末に天下三名槍のひとつ日本号を勝ち取ったほどの酒豪でもあった。

太兵衛が言った栗山とは、栗山善助利安のことである。二人とも、官兵衛がまだ播磨守護赤松家の家老である小寺家の重臣であったころからの家臣であった。城主の説得のために単身敵の城に行き一年あまりの間、官兵衛が水牢に閉じ込められた時も、救出に奮闘してくれたのがこの二人である。いわば官兵衛の腹心中の腹心であった。

「善助がどうかしたか」

「とにかく大殿にお伺いせねば、と言ってうろたえておられまする」

「ほぉ……。あの善助がの」

善助は黒田家臣団の筆頭である。政における才は、官兵衛も高く評価していた。

「仕方あるまい」

「案内いたせ」

溜息とともに杖を突き、不自由な左足をひきずり振り返った。

強い髭で顔の下半分を黒く染めた大男が口を真一文字に引き結んだまま力強くうなずく。太兵

衛とともに辿りついたのは、中津城の大門をくぐった三ノ丸の広場であった。

「御覧のありさまでございます大殿」

苦笑いを浮かべる目尻に深い皺を刻んだ善助が、広場が見渡せる石段の上で言った。官兵衛と太兵衛も同じ場所に立っている。

「集まっておるではないか」

めずらしく機嫌の良い声でつぶやいた主に、太兵衛と善助が互いの顔を見遣る。家臣のことなど気にも留めず、官兵衛は広場を眺めつづけた。

昨日、前髪を剃ったのではないかと思うほどまだ顔に幼さの残る少年から、官兵衛とさほど年が変わらぬであろう老人まで、痩せているのもいれば肥っているのもいる。ありとあらゆる男が、広場に集まっていた。銭と飯の匂いを嗅ぎつけてきた餓えた狼の群れに、思わず顔がほころぶ。

「こうでなければ……。

杖を握る手が震える。

「あそこを御覧くだされ、大殿」

善助が指さすほうに目をむけると、城の者に名乗り出て支度用の銭を受け取った者が、列の後ろにまた並んでいる。

「あの者だけではござりませぬ。今朝、門を開けてからというもの、幾人もの不届き者が幾度も名を偽って銭を余計に受け取っておりまする。抜かりはございませぬ。二度以上受け取った者はわかるようにしておりまする」

「それがどうした善助」

問う官兵衛の目は、先刻善助が指し示した男のほうへとむけられている。黒田家から二重取り

をしようとしているのに、なんら悪びれもしていない。怯えるような素振りもない。己はたった

今この場に来たと言わんばかりに堂々とした顔で列に並んでいる。

「盗人めらが」

毒づく太兵衛を官兵衛は横目で見た。苦虫をかみつぶしたように顔を歪（ゆが）める忠臣の頭に白いも

のが目立つ。おたがい年を取った。

黒田一の豪の者から黒田一の智者へと目を移す。

「御主がうろたえておると太兵衛が騒ぐから来てみれば、このようなことか」

「そ、某はうろたえてなどっ」

言って善助が太兵衛を見た。

「うろたえておったではないか」

「い、いや大殿はどう仰せになられるかと申しただけで……」

「呼んで来いと言ったではないか」

「こっ、こら大殿を呼んで来いなど、某が申すはずが」

「いい加減にしろ」

若い頃からまったく変わらない家臣たちの口喧嘩をたしなめてから、官兵衛は再び善助に言った。

「二度でも三度でも良い。責めることはない。満足するだけくれてやれ」

「し、しかしそれでは」

闇をたたえた官兵衛の目が、先刻の男にむいた。わずかな時の間にずいぶん進んでいる。もし

かしたら幾度か前の者を押し退けたのかもしれない。それでも文句を言われぬだけのただならぬ気配を男は秘めていた。

「天下を盗むことと、あの者たちのやっておることに大差はない。ああいう頼もしき者たちこそが、儂の戦には必要なのじゃ」

「天下を盗むですと」

言った善助が声を失った。

「兵を募っておるのじゃ。それ以外になにがある」

官兵衛の口許に陰湿な笑みが張り付く。

いまは亡き太閤は本当に、人を見る目があったとつくづく思う。

官兵衛は一度として誰かの風下に付いたことはなかった。小寺であろうが織田であろうが豊臣であろうが、官兵衛を押し上げるための便利な駒に過ぎなかった。

功臣、忠臣、謀臣、軍師、腹心……。

冗談ではない。誰かのために戦うなど、ましてや命を賭するなど、官兵衛には考えられなかった。己を利する。それに徹してこその一生ではないか。己を利することに精魂を傾けた末に、家名が挙がり、主家が栄えるだけのことだ。

思えば祖父も父も、そうやって戦国の世を生き抜いてきた。

近江長浜黒田の地に住した佐々木源氏の末流でありながら没落し、諸国を流浪していたという黒田家は、祖父のころ播磨で家伝の目薬を商い財を成したという。祖父、重隆は蓄えた銭で田畑を買い、二百人もの家人を従えた。重隆は赤松家の有力家臣であった小寺家に仕官する。小寺家

にて才を存分に発揮した祖父は、めきめきと頭角をあらわしていった。

その後を継いだ父は、祖父が築いた地位を足掛かりにして小寺家の家老職にまで登り詰める。

主より小寺を名乗ることを許され、官兵衛も播磨にいたころは小寺を名乗っていた。

父に家督を譲り好々爺となっていた祖父から童のころに言われたことを、官兵衛はいまでも覚えている。

「いまの世は才覚さえあれば、どこまでも登り詰めることができる。小寺はあくまで一時の主。そう心得よ」

日頃は孫がなにをやろうとにこやかに笑って許していた祖父が、そう言った時だけ瞳に宿らせた殺気は、幼い官兵衛の心に強烈に刻みつけられた。

思えば父も祖父の志を受け継いでいた。

主筋である赤松、別所、そして西の宇喜多と、ひとくせもふたくせもある者たちに囲まれた小寺家の家老として、父は主である政職を支え続けた。小寺家の支城である姫路城を与えられたのも、父、職隆のときのことである。そもそも職隆の職の字は、主である政職からの偏諱だ。それだけ主の覚えもめでたかったということである。

その父から家督を譲られ黒田家の主となった官兵衛が、父の奥底に宿る祖父の魂を感じたのは、小寺家が存亡の岐路に立たされた時のことだ。

美濃、近江、そして大和を領し、天下取りに一番近い大名だと目されていた織田信長が、毛利と雌雄を決するために播磨に兵を進めた。その尖兵として遣わされたのが、羽柴秀吉であった。

織田につくか毛利につくか、家臣たちの意見が割れる小寺家のなかにあって、官兵衛は織田家に

つくことを主張する。何事においても即決をしぶる主、政職を官兵衛は若き情熱のおもむくまま説得した。そのころのことである。姫路城に戻った官兵衛は、隠居していた父に呼ばれた。

「たとえ小寺が毛利につこうとも、御主は織田につけ。いや……。小寺が毛利についておったほうが良いかもしれぬな」

そう言った父の瞳には、幼いころに官兵衛を震わせた祖父の殺気が宿っていた。まだまだ青かった官兵衛が言葉を発することができずにいると、父は言葉を継いだ。

「小寺はあくまで一時の主よ」

祖父と同じ言葉を吐いた父を見て、官兵衛は心につぶやいた。

織田も一時の主……。

父の思惑どおり、一時は織田に頭を垂れた小寺家は後に毛利家に鞍替えした。しかし官兵衛は主家に反し、秀吉に従う。その後の毛利家との戦の拠点にと、みずからの城である姫路城を秀吉に明け渡した。結果、祖父と父が一時の主と言ってのけた小寺家の籠る御着城は秀吉によって落とされ、政職は備後国に逃れてその生涯を終える。その子、氏職は後に黒田家に仕えた。かつての主家はいまでは官兵衛の家臣である。

織田信長が本能寺で死ぬと、秀吉を焚きつけ天下を取らせた。そして官兵衛は豊前十二万石を得たのである。

たかだか十二万石……。

秀吉は己を恐れた。切支丹になったためだと口では言っていたが、じっさいには官兵衛の奥底に宿る連綿と受け継がれてきた下剋上の血を見抜いていたのだ。だから十二万石ていどの領地

しか与えなかった。

卓見である。

その秀吉が死んだ。

豊臣家を守ろうとする石田三成たちに焚きつけられた毛利が、秀吉亡きあとの天下を狙う徳川家康と雌雄を決するために大坂で兵を挙げた。

待ち望んだ機がようやく訪れたのである。

黒田家の当主は子の長政に譲っていた。三成と呼応し会津で兵を挙げた上杉景勝を討伐するための軍勢のなかに、長政率いる黒田家本隊もいる。

長政が兵を率いて出陣するさい、官兵衛は息子を呼び、言った。

「前田利家も死んだ今、いまの世で家康に並ぶ者はおらぬ。それ故、あの男はかならず天下を欲すると思っておった」

そう思ったからこそ、官兵衛は秀吉の死後、家康に接近してきた。あの男の欲をくすぐるためだ。思惑通り、家康は上杉征伐を大義名分として諸大名を引き連れ兵を挙げることに成功した。大坂を空にして、三成の挙兵をも誘導したのである。そのあたりの手並みは、官兵衛をして見事と言わしめるものだった。

豊臣家の重鎮として天下に名を轟かせた父の言葉を、生真面目な息子は一言半句聞き逃すまいと口を真一文字に引き結び聞いている。

「良いか、御主は家康に加勢せよ」

「元よりそのつもりでありまする」

家康との絆を深めるために息子の妻であった蜂須賀家の娘を離縁し、家康の姪で養女となった保科正直の娘を正室にむかえている。長政は家康に従うことに、なんの疑問も持っていないようだった。そんな息子の生真面目な気性など気にも留めず、官兵衛は考えに考えぬいた策を淡々と披露する。

「動かすのは福島正則と小早川秀秋じゃ」

「内府殿の味方にせよと申されますか」

「一時な」

得心が行かぬといった様子で長政が小首をかしげる。

「正則は御主とともに会津に下る。筑前におる秀秋のほうは、どうやら病と称して家康の出兵に従わぬようじゃ」

秀秋の件は、官兵衛が独自に放った草の報告である。長政は知らなかったようだ。

「大坂を空けておる間に三成あたりが動けば、家康は引き返さねばならぬ。その時、福島がどう動くかで大勢は決するじゃろう」

「豊臣恩顧の正則が内府殿に従うと申せば、他の者たちも従うと」

「そうじゃ」

勘働きは悪くない。

「大坂に取って返した家康が、三成らと戦うさいには秀秋が要となろう」

「金吾は動きますか」

「秀秋はすでに家康と通じておるやもしれぬ」

これは官兵衛の勘だった。出兵に応じないことにも裏があるとみている。

息子を見つめる瞳に殺気を宿す。

「正則と秀秋……。この二人を徳川に加勢させるのはさほど難しくはなかろう。が、肝要なのは

ここからじゃ。よう聞け長政」

息子の喉がごくりと鳴った。

「徳川に趨勢が傾いたその時、かねてから申し合わせておった正則と秀秋を引き連れて、御主は

すぐさま家康の本隊を襲え」

「な、なんと申されました」

戸惑う息子を無視して官兵衛は続ける。

「この策は機を見る目がなにより肝要じゃ。三成が敗れてはならぬ。かといって無傷ではなら

ぬ。互いが喰い合い、均衡が崩れた刹那を狙うのじゃ。御主と福島、そして秀秋の兵が家康を襲

えば形勢は一気に変わる。帰趨をうかがっておる者たちは、我等の味方となるであろう」

「漁夫の利を得よと」

「そのために儂は九州にて兵を挙げる」

「黒田の兵は某が」

「兵などどうとでもなる」

息子の反論をさえぎり語る。

「家康が死ねば、徳川家は要を失う。その間に御主は大坂を抑え、儂は九州を抑える。豊臣家へ

の謀反人として徳川を討ち、我等は大坂に入る」

官兵衛の口許に悪辣な笑みが浮かぶ。

「豊臣など一時の主よ」

祖父と父から受け継いだ邪な楔を、息子の心の深奥に打ち込んだ。

官兵衛の策を胸に抱き、長政は豊前を発った。

徳川と毛利の対立は九州にも波及している。家康に与するのは官兵衛をはじめ、この年の二月に豊後湯布院を与えられた細川忠興の家臣、松井康之と有吉立行之が守る木付（杵築）城。そして肥後一国を領する加藤清正らであった。いっぽう毛利方に与するのは豊後では府内城の早川長政、安岐城の熊谷直盛、富来城の垣見一直などである。どうせならば、名のある将と刃を交え兵衛は落胆していた。朝鮮以来の久方振りの戦である。どうせならば、名のある将と刃を交えたかった。そんな心情を汲み取ったかのごとく、格好の獲物が海から現れたのは、九月九日のことである。

大友義統。

かつては薩摩の島津、肥前の龍造寺とともに九州を三分していた豊後の大大名である。秀吉の九州征伐は、この義統が九州統一を果たそうとしていた島津を討伐するために助けを求めたことから始まった。秀吉の九州征伐の後、豊後一国を与えられたが、朝鮮の役の際に平壌で戦っていた小西行長に加勢せずに退却した責めを負って、改易となり毛利家に預けられている。この義統が、家康の留守に乗じて挙兵した三成と毛利輝元の支援を受けて旧領を奪還するため海を渡って豊後浜脇に上陸したのだった。上陸した義統は北進し、細川家の家臣等が守る木付城を目指す。木付城の救援にむ報を受けた官兵衛は、九千人に膨れ上がっていた手勢を率いて豊前を発し、木付城の救援にむ

かった。その途上、毛利方の垣見氏の富来城を包囲したのだが大友勢が木付城攻めをはじめたことを知り、包囲を解き木付城へと急いだ。

「敵は我等の進軍を知り、木付城攻めを止め西進し、立石まで退いた由にござりまする」

木付城へとむかって進軍する官兵衛に、物見の報せをもたらしたのは母里太兵衛であった。軍の最前線である一番を任せている。

「ならば我等は急ぎ木付城へむかい、一刻も早く細川勢と合流いたすぞ」

「ははっ」

雷のごとき大音声で答えた太兵衛が、踵を返して去ってゆく。最前列の太兵衛の兵たちが足を速めれば、自然と全軍の足も速くなる。

両軍が対峙したのは九月十三日のことであった。大友の布陣する立石の東方に流れる境川をへだてた石垣原。そのまた東にある実相寺山に官兵衛は本陣を置いた。

「敵の数は千に満たぬものと思われますな」

三十町ほど離れた敵を本陣の幔幕を背にして見つめながら、栗山善助は言った。官兵衛をはさむようにして太兵衛と善助が立っている。三人で敵の動きをうかがっていた。

善助の言葉を聞いて、太兵衛が鼻を鳴らす。太い腕を胸の前で組んで顎を突き出し、自信に満ちた声を吐く。

「大友再興を豊後の旧臣たちに呼びかけたようですが、集まったのは千に満たぬ数とは……。かつては九州六ヵ国を領したとは思えぬ凋落ぶりじゃ」

言って太兵衛は大声で笑い、強い髭をはげしく揺らした。長年の盟友の言葉を、善助が受ける。

「我等が募った浪人のなかには、かつて大友に仕えた者たちもおりまする。旧主を敵に回して戦わねばならぬとは、時の流れと申すは非情なものにござりまするな」

腹心たちの会話にぼそりと割って入る。

「浪人たちにしか申しておけ。功を挙げた者は、召し抱えるとな」

「扶持のために旧主と戦う。これもまた下剋上の世のなせる業かと心につぶやいてから、官兵衛は二人に命じた。

「数で勝る我等だが油断はするなよ。味方の兵どもにも目を光らせておけ。いつ何時、旧主への忠義が蘇るやもしれぬでな」

二人が駆けてゆく。

官兵衛はひとり床几に腰を落ち着け、黒ずんだ頬を撫でた。有岡城の水牢に一年ほど幽閉された折にできた染みである。立つこともままならぬ牢のなかに入れられていたせいで、左足が思うように動かない。みずから前線におもむいて戦うなど、できようはずもなかった。戦の流れを予測し、策を立て、家臣たちに命ずる。あとは家臣たちを信じるしかない。

官兵衛の戦は眼下にはなかった。彼の戦場は、つねに己の裡にある。

兵たちが戦うだけが戦ではない。天下の趨勢そのものが、気の遠くなるほどの時をようしたひとつの戦なのだ。官兵衛が心血を注いで戦っているのは、脳裏にある戦のみといっても良い。眼下で行われようとしている戦など、天下という大戦に比べれば余興程度のことだ。敵は寡兵で失地回復を狙う旧領主。こちらは数で勝るとはいえ急場こしらえの軍勢だ。多少の犠牲はあるだろう。押されはするだろうが、次第に流れはこちらにかたむいてくる。一度趨勢が定まれば、あ

とは一気に決着までなだれこむだけ。どんな愚将が采を振ろうと負けることはない。

天下という大戦は違う。織田、豊臣、そして徳川と、流れは刻々と変わってゆくのだ。一度は勝利したと思った者も、死という敗北には抗えず、個人はおろか家すらも枯れ果ててゆく。

おそらくこれが最後の好機であろう。この機を逃せば、天下という大戦に勝利する望みは無くなったにひとしい。己だけではなく、祖父、父とつないできた戦である。勝ち切るためにも、家康のもとで戦っている息子の決断が重要だった。

「信じておるぞ」

石垣原で激突しようとしている太兵衛と敵をにらみながら、官兵衛は奥歯を嚙み締める。

大友との戦は官兵衛が頭に思い浮かべた通りの展開となった。三日間の戦いのなかで七度ぶつかり、最初のうちは大友勢が圧倒し、黒田勢に多大な被害を与えたが、幾度もぶつかる間にじりじりと数を減らしていった大友勢が次第に押され、義統に大将を任されていた吉弘統幸が討ち取られると、たちまち大友勢は瓦解した。十五日に義統は剃髪。黒田家に捕えられ、ここに大友家再興の夢は完全に断たれたのである。

少しは歯応えがあるかと期待した大友の戦いぶりに官兵衛はすっかり失望していた。それでも止まるわけにはいかない。

豊後国内で毛利方に加勢すると表明した安岐城の熊谷直盛、富来城の垣見一直らをつぎつぎと攻め落とした。

まだまだ足りない。

官兵衛は焦る。

東ではいま家康が戦っているはずだ。岐阜城を一日で陥落させた家康方諸将は、大垣城にこもる三成とにらみあっている。諸将よりもひと月ほど遅れて江戸を発った家康の到来を待って決戦に臨むということだと、長政が報せてきた。

決戦とはいっても大軍勢同士。一度では決着がつかないと官兵衛は見ていた。なんとしても秀頼のいる大坂に家康らを入れたくない三成たちとのあいだで幾度かの衝突があるだろう。その間に膠着もあるはずだし、籠城包囲という局面も生まれるはずだ。

この戦はまだまだ終わらない。

家康の目が三成や毛利に行っているうちに、九州をどれだけ己の色に染められるかが勝負だった。懸念されるのは、肥後の清正と薩摩の島津である。

清正は家康に近く、今回も徳川方に与していた。問題は島津である。主の義久は沈黙を守っているが、弟の義弘が毛利方として参陣しているという。このあたりを突いて、毛利方であると決めつけ清正と結託して薩摩を攻めるのが最善であろう。

長政がうまくやれば、徳川方毛利方いずれの損耗も甚大になったころに家康が死ぬ。その機を逃さず、まとめあげた九州の手勢を引き連れ東へ攻めのぼるのだ。大坂への途上には播磨がある。故郷で兵を募れば、まだまだ増えるはず。

徳川方についた諸将を討ち滅ぼし、三成たちを従える。豊臣が残ろうと、どうということはなかった。秀吉のいない豊臣家など、わざわざ策を弄して滅ぼす必要さえない。家臣にしてしまえばよいだけだ。

小寺を従え、豊臣を従える。

一番高いところから見える景色を夢想し、官兵衛の黒く染まった頬がちいさくひくついた。

しかし。

そんな官兵衛の思惑は、一枚の書状でくつがえることになる。

それを受け取ったとき、官兵衛は豊後から筑前へと入り、毛利秀包の支城、小倉城を攻めていた。

「なんと……」

書状を持つ枯れた手に力がこもり、みるみるうちに震えはじめた。陽に煤けて見える文字も揺れている。官兵衛の両手のあたりに生まれた皺は、一瞬にして書状全体に波及した。破れそうになりながらも、書面の文字だけは必死に官兵衛の目に訴え続けている。

立ちあがったまま震える主の豹変した姿に、下座に居並ぶ家臣たちは息を呑む。

家康からの書状だった。

「なにが記されておりましたか」

善助が家臣たちの想いを代弁するようにして、主に問う。

答えたくはないが事実は事実。息子からではない。家康からの書状なのだ。

全身を駆けめぐる怒りを腹の底に押し込めながら、官兵衛は平静を保つようにゆっくりと口を開く。

「九月十五日。関ヶ原で両軍が戦い、一日にして毛利方は総崩れ。敗れたとのことだ」

なにも知らない家臣たちが歓喜の声を上げる。彼等は長政に密かに与えた命も、九州攻めにお

ける官兵衛の本心も知らないのだから無理もない。

徳川方の勝利をよろこぶ家臣たちに、官兵衛は家康が記してきたことを報せてやる。

「長政は存分に働いてくれたと、内府殿直々に記されておる」

またも家臣たちが声を上げる。そして、ふと我に返った。家康が勝ち、長政が功を挙げたのだ。ならばなぜ、官兵衛は怒っているのか。そんな皆の想いがひとつになっているのか。なぜ吉報をもたらしてくれた書状を破り捨てんとしているのか。

「内府殿は我等のことはなんと申されておられますか」

こういう時に切り出すのは、決まって善助だった。官兵衛は書状に目を落としつづけながら家臣に答える。

「大友義統を生け捕りにしたこと感悦のいたりだそうだ。このまま筑前に兵を進め、毛利秀包を攻めよと申してきておる」

家康へのぞんざいな物言いに、家臣たちの不審がいっそう募る。

この場にいるのが堪え切れなかった。

「疲れた、少し休む」

家臣たちに皺くちゃの書状を放り投げてから、官兵衛は陣幕をくぐって外に出た。

叫んだ。

おそらくまだ陣幕のむこうには家臣たちが集っている。そんなことはお構いなしに官兵衛は思いきり叫んだ。気にしてなどいられなかった。とにかく腹中にたまった怒りを吐き出してしまわなければ、己を保つことすらできなかったのだ。

天にむかって吠えながら、頭のなかで無数の言

葉が渦巻く。

いったいなにがあったのだ。

長政はなにをしていたのだ。

福島が徳川に味方していたのは知っている。

川方となったということも。

秀秋はどうなった。

なぜ戦が一日で終ったのだ。

東の決着が、官兵衛の策を一気に狂わせた。

声が嗄れ、杖を放って両手を地につく。小石が混ざる土をにらみながら、官兵衛は己に問う。

「どうする……。どうするのじゃ……」

家康は毛利秀包を攻めよと命じてきた。大局が定まっても、家康に背いた者たちの所領は各地に散らばっている。ここで家康が死ねば、敗れた者たちも息を吹き返すはずだ。

「このようなところに止まってはおれん」

家康に命じられたのは癪ではあるが、毛利攻めは続ける。

きっと長政は機をうかがっているのだ。

祖父と父から受け継いだ志は、しっかりと長政にも伝わっている。ただ息子には、官兵衛の二の舞はさせたくなかった。あまりにも己は野心が強すぎた。それを悟られぬよう常に気を張らねばならなかった。だから長政は、考えずとも爪を隠せるように育てた。才はひけらかすものではない、いざという時に使うものだと言い聞かせ、前に出ないことを是だと教え込んだ。

長政は官兵衛のように誰からも疑われることはない。家康も心底から息子を信頼している。だが、長政の穏やかな笑顔の裏には、官兵衛が育んだ毒針がしっかりと仕込んであるのだ。機を見ることも、決断力も父に負けない。体格ならば、元服を果たすころにはとっくに父を超えている。あの長政が、ここまで粘っているのだ。かならず理由がある。ならば己は当初の策のまま突き進むのみだ。

そこまで考え、なんとか落ち着いた。

官兵衛は鼻から大きく息を吸い、地に転がる杖を取り、立ち上がる。そして一度目を閉じて、杖の先で幾度か地面を突いてから、陣幕へと入った。

中では怯えた顔付きの家臣たちが座っている。

「大事ありませぬか大殿っ」

耳を塞ぎたくなるほどの大声で太兵衛が言った。官兵衛の勘気を恐れて口をつぐむ者たちの心を代弁したのだ。

「大事ない」

答えて元の床几に座す。杖の頭に両の掌を乗せ、家臣たちに目をむける。

「このまま小倉城を攻めるぞ」

返答を拒むかのごとき頑強な言葉に、家臣たちは押し黙りうなずいた。

官兵衛は小倉城を十月六日に落城させ、秀包の居城である久留米城を開城させる。そのまま肥前の鍋島直茂の子の勝茂は、毛利方に与していたのである。肥前の鍋島直茂の子の勝茂は、毛利方に与していたのである。そのまま肥前へと兵を進めた。

「主家である龍造寺から懇請され領主となった直茂は阿呆ではない。徳川が勝ったことはすでに

知っておろう。こちらの言を素直に聞き入れるはずじゃ」

官兵衛の思惑通り、直茂は説得を聞き入れた。直茂を籠絡した官兵衛は清正と合流し、柳川の立花宗茂を攻める。

宗茂はみずから兵を率い、毛利方として伊勢方面で戦った。その後、三成らが関ヶ原で敗れると大坂へと引き返し、総大将である毛利輝元に徹底抗戦を説いた。しかし輝元から家康に恭順するという意向を聞くと、兵を連れて柳川に戻ったのである。宗茂が柳川へと戻ったのは十月九日のことであった。官兵衛らが柳川城を攻めたのは、それから十日後のことである。

一刻も早く九州を従えねば……。

大坂で起こるであろう変事を聞いてすぐに九州の大名たちを従えて東進するためには、一日の猶予もなかった。

宗茂の率いる立花軍との戦いは、二十五日、宗茂の降伏で幕を下ろす。

「このまま島津を攻める」

官兵衛の申し出に清正は同意し、両軍は肥後水俣まで兵を進めた。

が……。

いつまで待っても上方から変事の報せは届かなかった。代わりに届いたのは、家康からの書状であった。

「すみやかに兵を退けだと」

官兵衛を味方であると信じて疑わない家康は、これまでの九州での働きを褒めた後、戦は終ったのですぐに引き上げよと言ってきたのである。

「主君面しおって」

黒ずんだ額に青筋を浮かべながらつぶやく官兵衛であったが、ここで逆らうわけにもいかなかった。

家康は生きている。

ここで官兵衛が東進すると言っても、九州の諸大名は誰一人として付いて来ない。

「いったいなにがあったのじゃ、長政」

苦渋の決断を官兵衛は下した。

長政が戻ってきたのは、戦後の処理もすべて終った後のことである。毛利方に与した大名たちから奪った領地を家康は味方をした者たちに分け与えた。もちろん長政にもである。

「筑前五十二万三千石でござりまするぞ、父上っ」

目を輝かせながら息子は言った。

豊前中津城の本丸御殿である。広間には親子以外に誰もいない。家臣たちは官兵衛が下がらせた。長政が戻ってははじめての対面である。普段の息子ならば家臣たちがいないことを不審に思っただろう。しかし、頰を薄紅色に染めた長政は、父に伝えたいことだけを総身に満たしているのか、つぎからつぎへと湧き出てくる言葉を抑えきれぬように、しゃべりつづけている。

この男は阿呆なのかと心底うたがいたくなった。

「父上の申された通り、正則と金吾が要でございました。戦前から父上が吉川に根回しをしていただいておったおかげで、関ヶ原にて毛利は南宮山から一歩も動くことはありませなんだ。そのため我等は後背を恐れることなく、三成めを攻めることができ申した」

すべては父上の御見立てのおかげでござりますと言うと、長政は深々と頭を下げた。下座で頭を垂れる息子を、官兵衛は肘掛に肘を置き、拳に顎を押し付けたまま憮然と見下ろす。

筑前五十二万三千石……。

息子は心から喜んでいる。

いったいなにがそんなに嬉しいのか。所領などどれだけ増えたところで、天を塞ぐ壁があればなんの意味もない。

家康は生きている。

戦後の処理も終った。徳川は味方した諸大名たちに領地を与えながら、それ以上の所領を得ている。秀吉が生きていたころでさえ、豊臣に次ぐ所領を領していたが、もはや徳川を超える大名は存在しなくなってしまった。

天下は家康の手中に収まったのである。

いったい誰のせいだ。

目の前の愚息のせいである。

「長政」

怒りで声が震えるのをどうしようもなかった。肘掛を投げつけなかっただけでも褒めてもらいたいくらいである。

「はい」

褒められるのを待つ童のように瞳をきらきらと輝かせて、長政が上座の父を見た。疑うことを知らない息子の顔つきに、苛立ちが募る。

「家康とは会うたのか」

「はい」

よくぞ聞いてくれたとばかりに、長政が上ずった調子で語りだす。

「内府殿は今度の戦での某の働きを御褒めくだされ、上座を立ち、某の元まで来られますると手を取り三度、押し戴かれました」

「そうか」

あの男らしいと心でつぶやいた官兵衛の口許に、忘我のうちに笑みが浮かぶ。それを息子は喜んだのだと勘違いし、腹立たしい言葉をなおも言い募る。

「儂がこうして生きておられるのも其方の御蔭じゃと、満面の笑みで申されました。今度の加増も、某の働きを御認めくだされてのもの。い、いや、もちろん九州での父上の戦働きも加味なされてのことでござりまする」

これ見よがしの阿諛追従に、いよいよ怒りがこらえきれなくなる。

おもむろに官兵衛は立ちあがった。

喜色満面の息子から目をそらすことなく、杖をつかずに歩む。不自由な左足を引きずりながら、一歩一歩踏みしめ、息子との間合いを詰める。

さすがに息子も、父の剣呑な気配を読み取ったようで、ゆるんでいた顔がじょじょに引き締まってゆく。

「ち、父上……」

「そうか、家康は御主の手を取ったか」

言いながら歩みは止めない。目は長政だけを見つめている。

息子の前に立つと、官兵衛は不自由な足を前に投げだすようにしてしゃがんだ。家康が長政にしたように、鼻先まで顔を近づけて笑う。

「家康はどちらの手を取ったのじゃ」

優しく問うた。

「右手にござります」

息子の声にそれまでの張りがない。

「そうか、右手を取ったか」

つぶやきながら長政の右手を両手で包む。興奮しているのか、息子の掌はやけに熱かった。若く張りのある肌を、官兵衛の乾いた手が擦る。

「よくぞ儂のためにと家康は申したか」

「は、はい」

長政の喉が鳴った。

「そうか……。御主は家康のために戦うたのじゃな」

息子は答える言葉を失っている。

父の顔を凝視する長政の、膝に置いた左手に目をやった。

「長政よ」

「は」

官兵衛の視線に気づいた息子は、己が左手を恐る恐る見た。

「その手はなにをしておった」

「なにをしておったとは……」

「なにをしておったのかと問うておるっ」

　突然の父の激昂に、長政が息を呑んだ。そんな息子の熱い右の掌を放り、左手を取る。そして

そのまま己が首へと持ってゆく。

「内府殿を殺せと」

「御主の膂力があれば、あの老いぼれの首の骨などいともたやすく折れたであろうが」

　御主が中津を発つ時に、そう申しつけておったではないかっ」

　愚息の左手を、紅潮から一変し真っ青になった顔へと叩きつける。己の手の甲でしたたかに鼻

を打った長政が、下瞼に涙を溜めた。眉間に皺を寄せて痛みに耐えながら、目だけは父を見つめ

続けている。

「正則も秀秋も吉川も、なんのために転ばせたのじゃ。内府が死した後に、御主の味方にするた

めであろう」

「しかし」

「天下を家康にくれてやり、なにが五十万石じゃっ」

　立ち上がろうとした官兵衛を、長政が止めた。己よりも大きい息子の手で肩をつかまれ、立と

うにも躰が動かない。

「離さぬかっ」

「聞いてくだされ父上」

「御主の顔など見とうはないっ。下がれっ」

「下がりませぬ」

先刻よりも頬を紅く染めた息子が言う。頬だけではなく、長政は満面を紅潮させていた。その

なかで爛々と輝く瞳だけが、毒々しい光を放っている。息子の瞳の奥底に閃く光に、官兵衛は祖

父や父の殺気を見た。

「下がらぬと廃嫡いたすぞ」

「某はもう当主にござる。父上は御隠居の身にあらせられまする。黒田家の行く末は、この長政

が決めまする」

「よう申した」

息子に負けぬ殺気を目に宿しながら、官兵衛は奥歯を鳴らす。

「御主が決めると申した黒田家の行く末とやらは、あの古狸に頭を垂れることか」

「左様」

「離せ」

「離しませぬ」

振り払えぬ己の非力さが嫌になる。老いだけではない。長政は偉丈夫であった。官兵衛が同じ

年であったとしても負けたであろう。どれだけ官兵衛が必死になっても、平然と父の肩をつかむ

息子の力にはどうやっても抗えない。

鼻から息を吸い、口からゆっくりと吐く。息子をにらんだまま、抗うのを諦めて尻を床に落ち

着ける。そして、怒りの冷めた平坦な口調で問うた。

「我が祖父、そして父、それからこの儂。三代で築き上げてきたのじゃ。いまの主は一時のもの
と思い定め、我等は道を切り開いてきた。それはなんのためじゃ。御主も知っておろうが」

「天下……。にござりまするか」

播磨の国人の家臣から豊前十二万石まで、三代を要した。豊前の黒田官兵衛という名を知らぬ
者はいない。ここまで来たのだ。そして、やっと巡ってきた好機であった。

あと一歩で……。

「父上」

官兵衛の肩に手を触れたまま、長政が穏やかに言った。

「世は変わったのです。これからは内府殿の元で天下は治まってゆきまする。才があればどこま
でも上を目指せる世は終るのです」

下剋上の世は終るのか。

「太閤殿下が死に、前田殿もすでに亡く、昔の世を知る者はわずか。父上や内府殿とは違い、若
き者たちは徳川の元で天下が治まることを望んでおりまする。豊臣に恩義を感じる正則や清正た
ちも、秀頼様を想いはすれど内府殿に刃向おうとは思うておりませぬ」

「誰も天下を望んでおらぬと申すか」

「はい」

ここまできっぱりと言われると、逆に清々しかった。

息子たちは天下を望んでいない。

官兵衛の見ている世と、長政たちが見ている世は、同じものでも姿はまったく異なっているのだ。

「長かった戦の世は終るのです父上」

息子の言葉が首筋に触れる。己の死を官兵衛は悟った。躰の死ではない。心の死である。戦の

世が終るという長政の言葉は、官兵衛の心に介錯の刃を振り下ろした。

「筑前五十二万石。それが黒田家の行く末にござります」

もはやなにも言うことはなかった。

「長旅、御苦労でありましたな」

そう言ってにこやかに笑う丸顔の老人に、官兵衛は笑顔で応える。

十二月の末に上洛した。

官兵衛の入京を待っていた家康は、すぐさま彼を己が屋敷に呼んだ。

少し見ないあいだに、家康の顔は丸さに磨きがかかっていた。以前はふくよかななかにも引き

締まった肉を感じさせたのだが、目の前で笑う家康からは昔の厳しさが消え失せている。

天下のなせる業かと官兵衛は一人思う。思ってすぐに、己が顔を思いやった。恐らく官兵衛の

顔は、家康以上に緩んでいることだろう。

「官兵衛殿の九州での戦ぶりは、見事でござった」

「いやいや」

好々爺が二人で笑い合う様は、傍目から見てなんとも心温まるものであった。家康の心中は知

らぬが、官兵衛にはもはや眼前の男の腹を探る気も裏をかくつもりもない。

心底から笑っている。

「そうじゃ」

言って家康がわざとらしく手を打った。

「其方の働きに対しての褒美がまだであったな」

「なにをなにを」

掌を顔の前でひらひらさせながら、官兵衛は笑った。

「筑前五十二万石。十分な褒美にござります」

「あれは長政殿の働きに対してのもの。官兵衛殿はまた別じゃ。望みのものを与えたいと思う

が、申されてみよ」

褒美……。

なんと心の躍らぬ言葉であろうか。

笑みをたやさず官兵衛は答えた。

「もはや拙者は隠居の身にござります。長政に養うてもらい、筑前で歌でも詠みながら過ごしと

うござりまする。息子には早う孫の顔を見せよと申しておるのです。孫が生まれれば、楽しみが

増えまする」

言って声をあげて笑う。と、おもむろに家康が立ち上がった。ゆっくりとした足取りで官兵衛

の前まで来てしゃがんだ。

「官兵衛よりもひと回りほどふっくらとした手が、右の掌を包む。

「孫よりも楽しきことがこの世にはあろうものを」

緩んだ狸の瞳の奥に、不敵な光が宿っている。

官兵衛の左手は空いていた。家康の肥った腹はすぐそこだ。衣を通して感じる懐刀の鞘の硬さが、官兵衛を焚き付ける。

息子の言葉がよみがえった。

"長かった戦の世は終るのです父上"

己がここで家康を刺しても、長政は動かない。そうなれば官兵衛は天下人ではなく謀反人として終る。

「儂の元で働いてみぬか」

瞳の奥の光はそのままに、家康が問う。

官兵衛はいっそう破顔する。

「拙者はただの老いぼれにござりまする」

瞳の奥から光が消え、家康が苦い笑みを返した。

「左様か。働いてはくれぬか」

「暇をいただきとうござります」

心からの言葉だった。

家康が上座に戻る。

官兵衛は深々と頭をさげて家康の元を辞した。

それから三年あまり後、官兵衛は京の地で没する。五十九歳であった。

長政が黒田家の行く末と定めた筑前五十二万石は、幾度かの危機を乗り越え幕末まで残った。

下剋上を放棄した長政の選択は、黒田家を生かしたのである。

解説・ブックガイド①

【下剋上・軍師】

下剋上

◉解説

　天正十二年三月、織田信長没後の政権運営をめぐり、信長の息子・信雄と羽柴秀吉が対立。信雄と同盟した徳川家康が、秀吉と事実上の直接対決を行った小牧・長久手の戦いが始まった。開戦当初は戦闘もあったが、ひと月もするとにらみ合いが続くようになり、十一月、秀吉が信雄と単独講和したため家康は戦う大義名分を失い、合戦はどちらが勝利したか判然としないまま終結した。

　このように両軍が大兵団を擁した大合戦は、決着までに半年以上かかるというのが戦国時代の常識だった。

　本作は、黒田官兵衛が、秀吉没後に、天下人の座を狙う家康とそれを阻止しようとする石田三成が、国を二分する大合戦を起こすと看破。徳川に付くと決めた息子の長政にある策戦を授け、自らはその間に九州を制圧し、家康、三成が長陣で疲弊した隙をついて一気に天下人になる謀略をめぐらせた、としている。

黒田家は近江長浜の黒田を領していたが、やがて没落し、諸国を放浪することになった。だが、その後、官兵衛の祖父が家伝の目薬の商いで財を成し、播磨赤松家の有力な家臣だった小寺家に仕官する。そして、父の代には小寺家の家老になり、「小寺」姓を名乗ることも許された。だが黒田家の再興は、そこで止まらなかった。徒手空拳で成り上がった祖父から、小寺など「一時の主」に過ぎず、「才覚さえあれば、どこまでも登り詰めることができる」と聞かされて育った官兵衛は、秀吉没後の混乱を機に勝負に打って出たのである。

一般に武士といえば、『史記』の「忠臣は二君に事えず」に見られるように、主君に忠義を尽くしていたとの印象が強いかもしれない。だが、武士は主君を変えない、という価値観が定着するのは、身分を固定化することで社会秩序を維持しようとした江戸時代以降、との説もある。

実際、才覚が認められて関白になった豊臣秀吉のように、戦国時代は実力があれば、身分が低くても登用されたし、どこまでも出世ができた。戦国における完全な実力主義、成果主義を象徴するのが、下剋上という概念である。土岐頼芸を廃した斎藤道三、浦上宗景を倒した宇喜多直家、足利義昭を放逐して室町幕府を倒した織田信長らがその象徴とされる。本作において、官兵衛が祖父・父から受け継いだとする「一時の主」の考え方も、下剋上に近いといえる。

下剋上とは、下位の者が政治的・軍事的に上位の者を倒して身分秩序を侵害する行為を

意味する。

こうした設定は、法や倫理など歯牙にもかけない悪漢が活躍するピカレスクロマンにも、斬新な発想で上を目指すサクセスストーリーにもなりうるので、歴史小説でも人気の題材だが、近年の研究で、実はそれほど単純ではなかったことが分かってきた。

天野忠幸『松永久秀と下剋上』によると、足利将軍家を頂点とした室町時代の身分秩序は、戦国時代になっても簡単には揺らぐことはなく、「大内義隆を討った陶晴賢」は、「幕府の命令と称して、義隆の甥の大内義長（当時は大内晴英）を新たな当主として擁立」しており、「義昭は信長の死後六年余りも現職の将軍」であり、「各地の大名」から将軍としての扱いを受けていたという。政権を簒奪するのではなく、ソフトランディングで移譲させるのが、実際の下剋上だったようだ。

天野は、身分秩序を維持するシステムは、低い身分の者を取り立てる家臣の登用でも行われていた、としている。その方法は、新たに取り立てる家臣を「大名の一門や有力家臣の名跡を継がせたり、大名の苗字自体を与え」たりするもので、武田氏では「教来石信春に馬場姓、工藤昌秀に内藤姓、真田昌幸に武藤姓」を与え、上杉氏では「樋口兼続に直江家」を継がせたなどの実例を挙げている。織田信長は少し変わっていたようで、「明智光秀は惟任姓、丹羽長秀は惟住姓、塙直政は原田姓、細川藤孝は長岡姓」のように、織田家とはまったく関係ない姓を授けている。その理由について天野は、「従来の家格秩序を棚上げして、新たな家格秩序をつくりだそうとしたためであろう」と分析している。

また、久保賢司「戦国期の関東足利氏〈戦国〉期 上剋下論」（佐藤博信編『関東足利氏と東国社会 中世東国論5』所収）は、主君と家臣が対立した場合、実際には上位が下位を討つケースが多かったのに、数としては少数の下剋上だけを取り上げると、中世日本の実態が見えてこない、と指摘している。

こうした説を踏まえると、官兵衛の祖父が小寺家に仕え、父の代に主君の姓を与えられたという「一時の主」の設定は、様々な価値観がゆらぐ乱世だったとはいえ、身分秩序が根強く残っていた戦国の実態を、的確に捉えていたといえるのである。

本作では、智謀の限りを尽くして政治・軍事の両面に目を配り、武勇に優れた家臣を指揮して九州を席巻する官兵衛が描かれており、中盤ではスリリングな展開が連続する。だが、家康と三成が戦った関ヶ原の合戦自体は、わずか半日で家康が勝利して終結した。本作の "才覚さえあれば出世は夢ではなく、栄光を摑むためなら危険な賭けにも出る官兵衛" と、"リスクよりも安定を選んだ長政" の対比は、いつの時代も存在するジェネレーション・ギャップの問題としても興味深い。

ブックガイド

歴史ファンであれば、戦国時代で下剋上を成し遂げた武将といえばすぐに "三大梟雄" と呼ばれる北条早雲、斎藤道三、松永久秀の名が思い浮かぶだろう。そこで、まずはこ

の三人を取り上げた歴史小説から見ていきたい。

まずは北条早雲である。

素浪人から戦国大名になった早雲は、六十歳を過ぎてから本格的な活動を始めた大器晩成型の武将とされてきた。早雲の前半生については、素浪人説、京都伊勢氏説、備中伊勢氏説などがあったが、一九八一年発表の小和田哲男「駿河時代の北条早雲」は、室町幕府政所頭人伊勢氏の一族とし、現在ではこの説が有力視されている。司馬遼太郎『箱根の坂』は、早雲を政所執事伊勢貞親の屋敷に寄宿しながら家伝の鞍作りをしている身分の低い武士とするなど、従来の素浪人説と備中伊勢氏説を融合した設定になっていた。司馬は、老いて国盗りを始めた早雲を徹底した自己管理と冷静な判断ができる武将としたが、一九九五年発表の黒田基樹「北条早雲の事績に関する諸問題」は、早雲が老齢になってから国盗りを始めたというのは「一種の『創作』」であり、『異本小田原記』『北条五代記』の記述を手掛かりに、早雲が生まれたのが従来の永享四(一四三二)年よりも二十四年も後の康正二(一四五六)年とした。ほぼ全編が早雲の繰り広げる謀略戦と合戦になっている伊東潤『黎明に起つ』は、黒田説をベースにしており、理想の国を作ろうとする若き早雲は青春小説の主人公のような爽やかさがある。

次に斎藤道三について。油売りだったがゆえに武家の秩序を踏みにじっていく道三が、美濃守護職の土岐氏の混乱に乗じ智力と財力を武器に美濃を盗み取るまでをダイナミックに描く中山義秀『戦国史記 斎藤道三』は、古くから伝わる道三像をベースにしたスタン

ダードな作品である。だが『六角承禎条書写』の発見で、道三の美濃支配が父子二代で行われたことが分かり、現在の歴史研究では定説になっている。**宮本昌孝**『ふたり道三』は父子二代による美濃盗りを丹念に追っているが、宮本は道三の父の経歴に不明な点が多いことを利用し、隠岐島に流された後鳥羽上皇から作刀を学んだ一族の末裔としており、活劇が連続する伝奇小説としても秀逸だ。

松永久秀については、本書に収録された今村翔吾「生滅の流儀」に譲り、ここでは以下の一作を挙げるに留めたい。**宇月原晴明**『黎明に叛くもの』は、斎藤道三と松永久秀が密かに日本に逃れてきたイスラム暗殺教団から秘術を学んだ義兄弟だったとする伝奇小説だが、史実と矛盾なく奇想を織り込んでおり、物語のリアリティに圧倒される。

さらに、この三人とならび称される梟雄として、宇喜多直家が挙げられる。**木下昌輝**『宇喜多の捨て嫁』は、直家が梟雄になるまでを連作形式で追っており、その理由が身につまされる読者は少なくないだろう。

軍師

⦿ 解説

本作「一時の主」の主人公・官兵衛は秀吉の軍師だったとされるが、小和田哲男『軍

師・参謀」によると、戦国時代には、験担ぎをするため出陣の日時や方角を決める陰陽師や占師のような「軍配者」的な軍師と、実際に戦略・戦術を主君に具申する「参謀」的な軍師が混在していたが、時代が新しくなるにつれて「参謀」的な軍師が増えたとしている。ちなみに小和田は官兵衛について、「勧降担当・講和交渉を主な仕事とする調略担当参謀」としている。

ブックガイド

その官兵衛を描いた**坂口安吾『二流の人』**は、名軍師とされてきた官兵衛を、「人生の勝者」になるための「賭博」ができず、才能があるがゆえに台頭してきた石田三成の能力を認めることもできなかった二流の人だった、とシニカルに描いている。

官兵衛と並び称されることも多い名軍師・山本勘助を主人公にした、**井上靖『風林火山』**がある。井上は、勘助が強烈な個性を持つ武田信玄に父を殺されながらも、強い決意で信玄の側室になった由布姫のため上杉謙信と川中島で戦うまでを描いてみせた。なお、勘助は軍師として有名なものの、江戸時代に成立した軍記物『甲陽軍鑑』にしか記述がないことから、実在しないともいわれていた。だが、一九六九年に発見された市河文書によって、役職は不明ながら、信玄の家臣に「山本菅助」なる人物がいたことが確認された。

新田次郎の短編「**まぼろしの軍師**」(『武田三代』所収)は、軍師ではなかった勘助が、なぜ

軍師として歴史に名を残したのかに迫っている。

火坂雅志は、豊臣秀吉の相談役となった医師を描く『全宗』、信長を支えた政商・今井宗久の実像に迫る『覇商の門』など、武士以外の軍師に着目した異色作を発表したが、『軍師の門』は、秀吉を支えた竹中半兵衛と黒田官兵衛を正面から取り上げている。

室町時代の最高学府・足利学校で学んだ風摩小太郎、山本勘助、曾我冬之助の三人の若者の成長を追った**富樫倫太郎**の『早雲の軍配者』『信玄の軍配者』『謙信の軍配者』の三部作は、戦国時代の軍師が、戦略や戦術を考案するだけでなく、合戦の日時や出陣の方角などを占ったという史実を踏まえた作品である。上杉輝虎（後の謙信）の臼井城攻めの時、城側の軍師となった白井入道浄三を歴史の中から発掘した**簑輪諒**『最低の軍師』は、史料が少ないのでフィクションの要素も多いが、吉凶を聞かれているのに戦術を助言する人物として浄三を描いており、二つの役割があった戦国時代の軍師像を的確に伝えている。

合戦の作法

2限目

又左の首取り　木下昌輝

畢竟――

合戦とは首をとる、これにつきる。

傾奇者の又左こと、前田 "又左衛門" 利家はそう思っていた。初陣の今もそうだ。数えで十四歳、柄が赤く染まった朱槍を脇に抱えている。虎皮の陣羽織は、地につきそうなほど長かった。

味方は戦の支度で忙しい。といっても、弓矢や槍の手入れではない。神仏に祈るので必死なのだ。やれ、祈りの言葉は北をむくな、北は敗北に通じる、と年かさの武士が初陣と思しき武者に滔々と説いている。

気の早い者は、首実検の作法を学んでいた。

「よいか、もし名のある武者の首をとったら、首帳をつけている奉行に、まず敵の武者の姓名を言い、次に己の名前を言うのじゃ。この時、注意するのは、己の名乗りは官位名乗りにすること。つまり、田中左衛門 尉や山田河内守のように "尉" や "守" をつける。逆に、敵の名前は尉や守はつけない」

ああ、うるせえ。又左は耳の穴に指をつっこんだ。心中で言ったつもりが、言葉に出してしま

ったようだ。味方が険しい目を向けてきた。

「ふん、傾奇者を気取りおって」

「誰の許しを得て、朱槍を持つ」

「よいか、あの礼法知らずを見習うな。どうせ、のたれ死ぬ」

おもしれえ――又左の両頬がつり上がる。

首がとれぬかどうか、あるいは無様にのたれ死ぬか否か、この合戦で試してみようじゃないか。味方を押しのけて、前へ

決意とともに槍を天に高々とかざした時、鯨波の声がわきあがった。

と行く。川向こうに陣する敵からだった。

前へと行く途中に、馬上の武者の姿が見えた。織田 "上総介" 信長だ。当年十九歳――織田弾

正 忠家の次代を担う後継者である。

「では、戦陣の作法に乗っ取り、エイエイオウの三唱の儀を行う」

拳を突き上げたのは、信長の傳役の平手政秀だ。それを無視して、利家は最前線に出る。

「待て、又左、まだ出るな」

平手政秀の声に反応して、その従者たちが又左にすがりつこうとした。構わずに振りはらう。

馬上の信長だった。首をひねった。

視線を感じ、首をひねった。にやりと笑いかける。

「又左、傾けよ」

返事のかわりに、朱槍を突き上げた。そして、駆ける。背後から罵声が聞こえたが、無視し

た。味方の矢が追いかけるようにして、頭上を通りすぎていく。敵の矢は、ぶつかるように又左

へと飛来する。朱槍を振り回し、叩き落とす。

「おのれ、まだ両軍の鯨波の声のやりとりはすんでおらんぞ。この礼法知らずめが」

敵陣から一人の武者が躍りでてきた。持っている槍をぐるぐると回し、又左に穂先を突きつける。

「やあやあ、我こそは坂井大膳様が配下——」

作法通りの武者挨拶に、又左は失笑をもらす。どうやら若造に礼法を叩きこんだ上で、討ち取ろうという魂胆のようだ。

「前田又左。見ての通りの男だ」

敵の名乗りの途中で叫び、両手で槍を構える。己の体の一部とする。いや、己が槍の一部となった、という方が正しいかもしれない。

飛来する矢が次々と体をかすめるが、無視した。敵の武者が怒りの形相で槍を繰り出す。穂先と穂先がぶつかり、火花が散った。たたらを踏みひるんだ敵とはちがい、又左の足に乱れはない。さらに踏み込んだ。体当たりをするように、槍を相手の体の中心へ吸い込ませる。喉や脇など鎧の隙間は狙わない。甲冑の一番厚い心臓目掛ける。

ずしりと重く硬い感触の次に、何かを突き破る手応えがあった。鎧を紙切れのように引き裂き、肉と骨を又左の朱槍が貫いていく。気づけば、敵を大地に串刺しにしていた。仰向けになった武者は、口から赤い泡を大量に噴きこぼす。

「み、見事だ。作法にのっとり、わが首を……」

血とともに、そう又左に語りかけてくる。

「しゃらくせえ」

気づけば役者のような一声を放っていた。腰の刀を抜き、大上段に構える。武者の目が大きく見開かれた。

「作法など知ったことか」

魚の頭でも落とすように、刀をたたきつけた。血がほとばしり、首が転がる。刃こぼれしてしまった刀を、ざくりと首に突き刺した。そのまま無造作に肩にかつぐ。

「前田又左、首とったりィ」

礼法知らずの男の大音声が、戦場を圧する。

　＊

　戦が終わったのは、それから一刻（約二時間）ほど後だった。首が刺さった刀を肩にのせ、又左はゆうゆうと歩く。その不作法な姿に非難の目差しが向けられるが、無視した。不快ではない。逆に心地よいとさえ思った。

　戦場近くにある寺が、首実検の場だ。兜首をとった武者たちが列をつくっている。首板という盆のような板に首を置いていた。何人かは白粉を塗り、首の見映えをよくしようと必死だ。

「小泉備前、荒木陸奥守」

「河尻治部、米津左衛門尉」

　みな、作法通りにまずは討ちとった武者の名前を述べ、次に己の名前を官位つきで名乗っていく。

　寺の門の前で立ち止まるのは、そういう作法だからだ。門からのぞく境内には、床机に座

した信長がいる。退屈そうな表情で、武者たちの名乗りを聞いていた。

だろうなぁと、又左は笑う。信長も又左と同じ傾奇者だ。首実検など、退屈極まる儀式だ。隣

では傅役の平手政秀が、忌々しそうな顔で信長を見ていた。後ろには弓持ちの衆がいて、おろお

ろと狼狽している。本来なら、大将の信長は弓を杖にして立っていなければならない。が、信長

は弓を手に取らず座したままだ。どころか、扇を半開きにして自身をあおぎはじめた。

「若っ」

とうとう、平手が叱声をあげた。

「首実検の扇の作法をお忘れか」

首実検では、最後に扇を全開にして左手で三度あおぎ、右手に持ちかえて閉じるのが作法だ。

平手が、信長から扇を取り上げようとした時である。

「前田又左ァ」

大音声で、又左は名乗った。しんと静まりかえる。当然だ。首実検では官位名を名乗るのが作

法だ。これでは、前田又左が討ちとられたという意味になる。

「き、貴様は」

顔を朱に染めた平手がこちらを向いた。首が刺さった刀を、又左は放り投げた。駆けよろうと

した平手の目の前の地面に刀ごと落ちて、首がころころと転がる。

にやりと、信長が笑った。

己の頬も柔らかくなるのを自覚する。それだけで又左は十分だった。それ以上のものを、又左

も信長も必要としなかった。

*

街道の人々が、目を丸くして信長たち一行を見ていた。五百丁の鉄砲と五百本の朱槍をそろえた馬廻衆たちの偉容に驚いている——だけではない。人々が何よりも注視しているのは、先頭をいくふたりの男の姿であった。

ひとりは、虎と豹の半袴に袖なしの湯帷子を着た織田信長。その横を、前田又左がつきしたがう。装束は信長同様に傾いたものだ。狼の毛皮の袴に、朱一色の小袖。袖こそはついているが、その背後には勇ましい鍾馗の姿が縫いつけられている。髪は女のように長くのばし、傾奇者の異装はさらに磨きがかかっていた。

「尾張の主がうつけというのは、本当だったな」

又左の言葉に、信長はにやりと笑った。腰をぬかすどころではないだろう。信長が奇異な装束で街を練り歩くのは有名だが、こたびはそれだけではない。目指すのは美濃との国境にある正徳寺だ。そこで、まむしと恐れられる男と会見する。美濃の国主であり信長の舅——斎藤"山城守"道三だ。

「あの姿のままで、山城守様とお会いするつもりか」

そんな声も聞こえてきた。じろりと睨みつけて、又左が黙らせる。

「平手様が我らの姿を見たら、腰をぬかしましょうな」

今の姿で、である。

それを止めるべき人はもういない。傅役の平手政秀は三ヵ月前に亡くなっているからだ。

ふと、信長一行が足を止めた。ひとりの侍が、往来の真ん中に立っている。裃を礼儀正しく身につけた姿だ。信長たちを見て、深々と一礼した。

「斎藤山城守様の使者として参りました」

男の声はどこまでも穏やかだった。

「用件は何だ」

本来なら小姓が取り次ぐべきだが、信長は意に介することなく自身でたずねた。

「失礼ながら、言上させていただきます。山城守様よりのご伝言でございます。正徳寺の前に、お会いしたいと」

又左と信長は目を見合わせる。普通に考えれば、信長を亡き者にする罠であろう。

「理由は——」

言葉すくなに信長が訊く。

「桜が、桃を偲ぶそうです。ぜひ、上総介様にご同席していただきたい、と」

「ほお」と、信長があごをなでた。

桜とは、斎藤道三のことだろう。道三は、西行の桜の歌を愛することで知られている。そして、桃とは信長の父の織田信秀のことだ。信秀が没したのは二年前の天文二十年（一五五一）三月三日——桃の節句だ。それゆえに、桃巌と諡されている。

「あのまむしが桜と称し、わが父を偲ぶだと」

道三は守護代家臣、守護代、守護を次々と下克上した男だ。だけでなく、美濃国守護を扶け

る織田信秀と何度も死闘を演じた。道三の計略によって、織田家は多くの侍大将を喪った。

不倶戴天の仇敵同士だったが、東方の今川家が進出してきたことで、平手政秀の肝いりで織

田家と道三は手を結んだ。そして、道三の娘を信長が娶る。以来、両家は同盟関係にある。

「いかがされます」

男の声はどこまでも穏やかだ。本当に客を招くかのような風情である。

「が――」

又左は、男の容姿をくまなく見た。歳は三十代の半ばか。薄い髭を上品に蓄えている。一見す

れば文弱の徒にも見えるが、着衣の隙間からのぞく肌には刀傷が縦横に入っていた。

「山城守様の供は、私だけです」

ふんと、又左は鼻をならした。見え透いた挑発だ。断れば、臆病者とこきおろす気か。

「わかった。行こう。又左、供をしろ」

「応」と即答したのは、きっとそうなるだろうと予想していたからだ。背後から年かさの従者が

走り寄ってきた。

「くれぐれもお気をつけください」

「道三など恐るるに足らんわ。耄碌したまむしを恐れてどうする」

信長はにべもない。

「ちがいます。恐るべきは、あの男です」

「なに」と、信長と又左は同時に発していた。

「奴は、足立六兵衛です」

低く落とした声だったが、その名前を聞いた又左の体に痺れが走る。

首取り足立——近隣にもその名を轟かす斎藤家随一の武者ではないか。

信長と又左は男に目をもどす。

男は——足立六兵衛はすでに信長らに背を向けて、道三のもとへと案内しようとしていた。

*

信長と又左は、細い並木道を足立六兵衛に誘われる。芳しい香りが鼻をついた。

「これは——」

信長と又左が目を見合わせる。木立を抜けたところに、ひとりの老夫が座っていた。毛氈を敷き、炉の茶釜で湯を沸かしている。初夏の太陽が差し込み、緑色の日傘がつくる影がいかにも涼しげだ。

「山城守様でございます。ご会見の前に、お茶でもてなしたい、と」

そう言って、足立はゆっくりと歩いていく。老夫こと斎藤道三は頭を丸めており、裃をつけた正装姿だった。

この男が、山城道三か。

又左は知らずしらずのうちに、生唾を呑み込んでいた。

「婿殿、驚かせてしまったかな。会見となれば、互いに織田と斎藤の旗を背負う。婿と舅として会うには、こうするしかないと愚考した」

道三が目を細めて言う。その所作には、姦雄の匂いは感じられない。信長は慎重すぎる動き

で、毛氈へと足を踏みいれた。

「婿殿、茶道の心得は」

「興味がありませんな」

信長の返答は素っ気ない。

又左は毛氈の手前で、足立六兵衛とともに控えた。手は腰の刀にやり、親指を鍔に触れさせ

る。いつでも抜刀できる姿勢で、道三と足立を同時に視界にいれた。

「そうか。ならば、作法は不要だ。楽にされよ」

「もとより」

信長は、片膝を立てて座った。膝の上に腕をおき、前屈みの姿勢をとる。そして、道三を睨み

つけた。

が、道三の所作に動揺はない。茶杓を持ち、静かに茶を点てる。そういえば、道三が熱田の

大工・岡部又右衛門（後に安土城の普請を手がける）を呼び、桜の築山を配した草庵を建てたと

聞いたことがある。まむしと恐れられる姦雄が茶を嗜むなど、悪い冗談かと思っていたが、道三

の所作を見る限り噂はまことだったようだ。

茶を満たした碗が、信長の前へと運ばれてきた。

「婿殿、毒味は」

「不要」と、信長は言い捨てる。

片手で無造作に碗をつかみ、口元へ持っていく。一気に喉へと流しこんだ。もう一方の手でぐ

いと口をぬぐう。

「いかがかな」

あくまでも穏やかな声で、道三が問う。

「……悪くはない」

眼光を強めて、信長は答える。

「もっと、美味い茶の喫し方があるのは、ご存知か」

「ふん、作法にのっとれと言われるつもりか」

信長は侮蔑の色を隠そうともしなかった。

「己は、父の位牌に灰を投げた男だ」

父の信秀が死んだ時、葬儀において信長は今のような袖なし湯帷子の異装で現れた。そして、父の位牌に抹香を投げつけた。信長は、作法や礼法とはもっとも縁遠い男だ。

「だが、平手殿が諫死した時、婿殿はその棺を担いだそうだな」

信長の行状を諫めるために平手政秀は切腹した。その棺を担いで哀悼の意を表したのが、信長だ。

「といっても、棺はこのなりで担いだがな」

袖なしの湯帷子を誇示するように、信長は言う。

道三は静かにこうべをめぐらした。視線の先を追うと、道祖神神ほどの大きさの石が置かれている。よく見れば、茶室の床の間ともいうべき位置にある。道三が、鑿で穿ったような傷があった。

が、何かの意図をもって傷のある石を置いたのだと、又左でも理解できた。

「あれは、加納口の戦いの時の石だ」

九年前の天文十三（一五四四）年、織田信秀は大軍を率いて道三のいる美濃へと攻めいった。

道三のこもる稲葉山城を囲み、城下の街を散々に焼いた。

誰もが織田軍の圧勝かと思った時だ。戦果に満足した信秀が退却を開始し、木曾川を半ばまで渡った。この機を道三は見逃さない。稲葉山城を出て、信秀の軍に襲いかかった。渡河途中の織田軍は大混乱に陥り、名のある織田の侍大将が多く討死にした。

「婿殿、石に傷が見えるであろう。あれは、お主の父の桃巌殿によってつけられたものだ。稲葉山にこもっている時に、曲輪にいるわしを桃巌殿が鉄砲で狙った」

なぜか顔に微笑みを浮かべて、道三は言う。

「桃巌殿の弾丸はわしをあやまたず狙っていたが、幸いにもわしは曲輪の石垣の陰にいた。弾丸は、石垣の石を削るだけにとどまった。それが、あの石だ」

「父が撃ったという証は」

信長の短い問いかけに、道三は袖のなかからひとつまみのものを取り出した。銀がまぶされた弾丸だ。すこしひしゃげている。

銀は魔物を払うと信じられており、信秀は験担ぎで銀をまぶした弾丸を使用していた。又左の目からも、石の傷と弾丸の大きさはぴたりと合うのがわかる。

「桃巌殿とは、敵同士だった。言葉を交わすこともなかった。が、友垣のような情を感じていた。信じてもらえぬかもしれぬがな」

懐かしむような道三の声だった。

「桃巌殿が逝去された時、わしはあの石を石垣から取り外した」

つまり、信秀の分身ということか。

「また、戦を通じて語りあいたい。全身全霊でもって、雌雄を決したい。が、それももう叶わぬ」

道三は坊主頭をつるりとなでた。

「もう一服だけ茶を点てる。わしにとっては、あの石は桃巌殿の分身も同然。心して喫されよ」

道三は再び茶を点てはじめた。

信長の前に静かに置かれる。

信長がちらりと石を見た。

立てていた片膝が沈む。あぐらの姿勢ではあったが、ゆっくりと茶碗に手をのばす。いつのまにか、信長の背は弓弦のようにぴんと伸びていた。

ぎこちないが右手で茶碗を取り、左手をそえて口元に持っていく。

信長の表情は、茶碗に隠れて又左からは窺いしれなかった。

碗を毛氈の上に置く。

信長は静かに「美味い」と言葉を零した。

　　　　＊

「おもしろくねぇ」

清洲城の矢倉の柱に体をあずけて、又左はそうつぶやいた。風がはためいて、獣皮の袴がゆれる。長い髪が顔をさすった。

「おもしろくねぇ」と、また又左はつぶやいた。天文二十二年に道三と信長が正徳寺で会見して

から、六年がたっている。あの日を境に——いや木立を抜けた野点の茶会での道三との出会いか

ら——、信長は変わってしまった。

正徳寺に入るなり信長は茶筅の髷を解き、傾奇者の服装を脱ぎさった。そして月代を剃り新た

に髷を結い、裃に着替えて道三との会見に臨んだ。

あれ以来、信長は変わってしまった。

傾奇者の装束とは縁を切ったのだ。

身辺に侍らせる人間にも変化があった。以前は、又左のような荒小姓たちが幅をきかせていた

が、今は茶の湯や歌道、礼法に長けた奴らが信長の周りを固めつつある。

矢倉から身を引きはがし、又左は歩む。何人かの朋輩とすれ違った。

「おい」と声をかけたのは、ひとりが顔を腫らしていたからだ。大きなみみず腫れができてい

る。鞭で打擲された痕だ。

「どうしたんだ」

「いや、それが……」

朋輩は傷を隠すようにして言いよどむ。

「喧嘩か。なら、相手を半殺しにしたんだろうな」

朋輩が唇を嚙み、うつむいた。その様子から、尋常な相手ではないとわかった。

「誰にやられた」と、殺気をこめて問う。

「は、はい。拾阿弥殿に」

礼法に長じた男として、信長が最近重用している同朋衆だ。

「理由は」

喧嘩で、拾阿弥ごときに遅れをとるはずがない。信長からの寵愛をいいことに、拾阿弥が一方的に朋輩をなぶったのだ。怒りが、又左の毛を逆立たせる。

「拾阿弥殿が……」

「殿はいらねえ。拾阿弥で十分だ。奴がどうしたんだ」

ごくりと、朋輩は生唾を呑みこんだ。

「私の笄を盗んだのです。私の死んだ母が、形見としてくれたものです。取り返そうと説得に行ったところ、鞭で……」

それだけ聞ければ十分だった。きびすを返し、大股で歩いていく。

曲輪の一角に人が集まっていた。中心にいるのは、僧形の太った男——拾阿弥だ。

「おお、これは又左衛門殿ではないか」

拾阿弥が朗らかな笑みをむける。どうやら、武者たちに礼法を教えていたようだ。

「よいところに来られた。今から切腹における、介錯の作法をご教示するところじゃ。ぜひ、聞いておかれよ」

なりに似合わぬ太刀を、拾阿弥が誇らしげに頭上にかかげる。鞘の鍔元を見ると、朱色の笄が きらりと陽光を反射した。木ではなく鉄でできており、先が尖っていた。見覚えがある。先ほどの朋輩のものだ。

「ほお、ただ首を刎ねるだけの介錯に、作法もくそもありますまい」

怒りを必死に抑えて、又左は言う。

「ははは、それは田舎武士の考えですぞ。それがしは、はばかりながら京八流のすべての介錯と切腹の作法を身につけておりまする」

ふんと又左は鼻で笑った。

拾阿弥の顔色が変わる。

「で、では、又左殿、ここで介錯の作法を再現してみなされ」

先ほどとちがい、とげのある声で拾阿弥がつづける。

「その後に、それがしが手本を見せましょう。そして、どちらの介錯の方がより洗練されているか、ここにいる皆様にご判断を乞おうではないか。そうすれば、いかに貴殿の介錯が田舎作法かがわかろうというもの」

「おもしれぇ」と、又左はあごをなでた。

「本当に、おれがやってみせていいのかい」

「もちろんですとも。それとも、それがしの介錯を見てからにされるか。そうすれば、それがしの真似もできよう。かく恥は、小さくてすみますぞ」

「いや、結構だ。おれからやらせてもらうぜ」

「では、どうぞ。ここに今まさに切腹しようとしている御仁がいるとして、どう介錯される」

拾阿弥が手で又左の前をさす。

「まずは、こうやるんだよ」

叫ぶや否や、又左は拾阿弥の膝裏に蹴りを見舞う。たまらず、拾阿弥は両膝をついた。

又左は構わずに抜刀する。

「な、何をされる」

返答のかわりに、振りあげた刀を一気に落とす。拾阿弥の坊主頭が、胴体から切り離される。血を噴きこぼす体を蹴飛ばした。目を、逃げるように転がる拾阿弥の首へとやる。

右足で首を踏みつけた。躊躇なく体重をのせる。

「拾阿弥、これがおれの介錯の作法だ」

無論、拾阿弥の首からは返答はない。

「作法ちがいがあるなら、今すぐに教えてくれ。耳の穴をかっぽじって、聞いてやるぜ」

又左は、さらに右足に力をこめた。ごきり、と拾阿弥の頭蓋が砕ける音が響く。

          *

朱槍を肩にかつぎ、又左は小高い丘の上から戦場を見下ろしていた。伊勢湾に面する今川方の鳴海城や大高城があり、それを織田の丹下砦や善照寺砦が囲っている。すこし離れたところには丘陵が広がり、四万近い今川家の大軍が陣をはっていた。

今川義元が尾張にある鳴海城大高城救援のために大軍を発したのが、十日ほど前だ。鳴海城からおよそ一里半（約六キロメートル）離れた沓掛城に入ったのが、二日前のこと。そして、今日の未明、鳴海大高を囲む織田の八つの砦のうちふたつを、またたく間に陥落させた。

ぺろりと、又左は乾いた唇をなめる。こうべを巡らせると、砂煙が帯を広げるように舞ってい

た。清洲の方角から熱田神宮へとつづいている。織田信長が出撃したのだ。

「待ちかねたぜ」

自身の声に殺気が過剰にしたたっていることに、又左は満足した。

戦場に臨もうとする又左に、従者はいない。一年前に拾阿弥を斬り殺し、織田家を出奔した

からだ。

が、なにひとつ悲観していない。

織田家に帰参するのは、たやすいことだ。

参に異を唱えることはできない。戦場で敵の首をあげる。そうすれば、誰も又左の帰

二千ほどの軍勢が疾駆する姿が見えてきた。大将の顔を確かめるまでもない。俊敏な武者たち

の動きを見ればわかる。織田信長が率いているのだ。

どうやら丹下砦に入り、次に善照寺砦に移った後、今川義元の本隊を急襲しようと目論んでい

るようだ。苛烈な信長らしい考えである。傾奇者の異装は捨てても、その中身までは変わってい

ないようだ。

又左は朱槍をかついで、大地を蹴った。落ちるようにして、丘を駆け下りていく。

「待ってろよ」

そう言ったのは敵に対してか、それとも味方に対してか。わからぬまま、又左は駆けに駆けた。

待ち受けるようにしていたのは、織田軍の三百の先鋒だった。采配する将は、千秋四郎と

佐々隼人正。

「元織田家家臣、前田又左だ。陣借りを所望する」

怒鳴りつつ、三百の兵のなかへと分けいっていく。半数は歓迎の声をあげたが、残りの半数は非難まじりの目差しをぶつけてきた。

「又左、殿の勘気はまだ解けておらぬだろう。控えろ」

怒鳴りつけたのは、佐々隼人正だ。目を血走らせ、今にも太刀を抜きかねない勢いだ。拾阿弥が朋輩の笄を盗んだ一件で、佐々一族は拾阿弥を弁護していた。そういうこともあり、拾阿弥を斬り殺した又左を仇のような目で見ている。

「控えろ、だと。おれを飼い犬か何かと勘違いしちゃいないか」

挑発のために、又左はあえて笑みを浮かべた。佐々のこめかみに、血管が浮く。

「確かにおれの幼名は犬千代だ。が、あんたに飼われた覚えはねえ。どかせたければ、太刀をもってやってみるがいいさ」

又左は、無造作に佐々の刀の間合いにまで近づく。緊張が、一気に三百の兵のあいだに満ちる。

「礼法知らずの青二才が。後悔するなよ」

とうとう、佐々は腰を落とし、刀の柄を握る。ギラリと刀身の一部が鞘からのぞいた時だ。

「両名、待たれよ」

大きくはないが、その声は確かに又左と佐々の体を縛めた。ゆっくりと歩む鎧武者がいる。又左の顔がゆがんだ。

「どうして、貴様がここにいる」

佐々を無視するように、又左はその男に身を正対させた。薄い髭を蓄えた武者だ。忘れるはずがない。足立六兵衛──美濃斎藤家にあって、首取り足立の名で知られる豪傑だ。

四年前の弘治二年（一五五六）に、美濃では道三とその子義龍のあいだで親子相克の戦いが勃発した。道三は敗れ首をとられた。道三についた足立六兵衛は、牢人し東海各地を流浪していると聞いたが――。

「足立、まさか貴様、織田家に仕官したのか」

「そうではない。お主と立場は同じだ。渡りの武者として、陣屋を借りた」

「だとしたら物好きだな。今川でなく織田につくのか」

「婿と舅だった、上総介殿と道三公との縁もある。何より、強き方についても武者としての名を上げることはできぬ」

織田家を弱いと言った足立六兵衛の口だが、強敵を倒さんとする姿勢には反発以上の共感を覚えた。そんな又左の心境を察したのか、足立六兵衛は佐々隼人正に向きなおる。

「この若者を、わが従者ということで帯同を認めていただきたい」

佐々は半面を歪めたが、豪傑で知られる足立の提案を蹴るのは得策ではないと判断したようだ。「好きにされよ」、と言い捨てる。

「だが、こ奴は主君の寵臣を切り捨てた罪業持ちであるぞ。それだけは、よくよく心に留め置かれよ」

足立にというより、三百の兵に聞かせるかのような口調だった。

　　　　＊

味方の兵たちが、あちこちで勝ち鬨をあげている。血のついた槍や刀を誇らしげに突きあげて

いた。足下に伏すのは、首を喪った今川軍の将兵たちだ。

桶狭間山での今川家との戦いは、奇跡的に織田軍が勝利した。当初は劣勢だった。先陣をきっ

た佐々隼人正、千秋四郎ら三百の軍勢は、今川軍によって完膚なきまでに蹴散らされた。結果、

佐々と千秋の二将が討ちとられる。

又左と足立六兵衛も、敵の武者の首こそとりはしたが、撤退を余儀なくされた。

そこで運良く、信長本隊の二千と合流する。信長は馬を進めて、今川軍へと迫った。この時、

天佑が舞いおりた。大風と雹、雷雨だ。風は丘陵上の今川の陣をなぎ倒し、雹は今川の武者たち

の顔を襲う。雷雨はさらに敵を混乱させた。たまらず退却する今川義元に襲いかかり、その首を

とることができた。

首をとった味方の武者はすぐにわかった。みな、首化粧に専念していたからだ。川の水で首を

洗い、汚れを落とす。だけでなく、白粉を塗り、頬に紅をさし、歯に鉄漿を塗る。首実検で、自

分の取った首の見栄えをよくしようと必死だ。首のなりが見すぼらしいと、手柄が下がると信じ

ている。

そんな味方のあいだをぬって、又左は歩いた。両肩には、首級が三つ。無造作に髪をつかみ、

右手にふたつ左手にひとつの首を肩にかけるようにして歩いている。

「方々よ」

味方の侍大将のひとりが高らかに叫んだ。

「奮戦ご苦労である。まずは休まれよ。本日は首対面のみを行い、首実検と首見知るは、明日清

洲の城にて催す。殿が酒肴を用意してくれたゆえ、今夜は存分に楽しむがよかろう」

どっと味方の武者たちが沸いた。

本日行う首対面とは首実検の一種で、その最上のものだ。今川義元などの一国の大将を討ちとった時に行われる。通常の首実検よりも煩雑な作法が必要とされる（首実検とは本来、家老や侍大将などの高位の首を検めることを言う。が、一国の大将の首をそうそう討ちとる機会もないため、多くは首実検の一言で済ませている）。

ちなみに首見知るとは、名もなき葉武者の首を検めることで、煩雑な作法はなく奉行が総大将の代行を務めることがほとんどだ。

「おい、又左、首を洗わぬのか。三つもあるなら大変だろう。百文でひとつ請け負ってやるぞ」

声をかける朋輩を無視して進む。やがて陣幕を張り巡らせた、信長の本陣が見えてきた。幕をあげ、そのすぐ奥には弓を杖にして立つ信長がいる。武者がふたり、首台という首対面用の脚のついた台の上に首を置き、それをかついでいる。今川義元の首である。かつぐひとりは、首をとった毛利新介だ。今から、首対面がはじまる。

首台ごと首を地面において、毛利新介は盃を受けとった。奉行のひとりがわざわざ二回にわけて酒を注ぐ。それを新介は、義元の首の口元に持っていき盃を傾ける。首に酒を呑ませているのだ。

馬鹿馬鹿しい、と又左は吐き捨てた。

まるで、ままごとだ。

「又左、控えろ。今は首対面の最中だということがわからぬのか」

奉行のひとりが怒鳴りつけるが、構わずに歩みを進める。自分の手柄が、毛利新介より劣ると

は微塵も思っていない。

新介は服部兄弟と三人がかりで義元の首をとった。一方の又左はちがう。佐々が討ちとられた前哨戦の退却途中に、大勢の今川武者を相手にしつつ首をふたつとった。さらに信長本隊と合流してから、まだ今川陣が崩れていない序盤に強力の侍大将の首をとる。

勝ちが決まり逃げる義元を討った新介よりも、何倍も難しい仕事をこなしたという自負がある。

「前田又左、とった首をご報告いたす。まず、こちらは妖物拾阿弥成敗のお詫びの首」

高らかに叫んで、左肩の首をひとつ転がした。

「こちらは、出奔に対するお詫びの首。最後に、これは帰参の手土産の首」

右肩にのせた首ふたつを次々と投げる。ひとつは、義元の首に偶然にも当たった。ごろりと、首台の上から転げ落ちる。

作法通り弓杖で立っていた信長が従者を見る。手を差し出させ、弓をあずけた。信長が又左に近づいてくる。小声でも届く間合いになった時だった。

信長が何かを振り上げた。

「うっ——」

衝撃が走った。又左の額が、かっと熱くなる。

思わず、たたらを踏んだ。

見ると、信長は手に鞭を握っている。生暖かいものが、眉間から鼻の横を通りぬけた。きっと血だ。己が、信長に打擲されたと悟る。

「うつけが。貴様は織田家の陣に入る資格はない。今すぐ、どこへなりとも失せるがいい」

　　　　＊

　清洲の城からのびた街道には、大きな塚が盛り土されていた。その上には、人の背丈の二倍ほどはあろうかという卒塔婆が立てられている。

　坊主たちが数十人も集まり、経を上げている。又左は、その様子を離れたところから見ていた。

　目の前にある卒塔婆と塚は、義元を弔うために信長が建立したものだ。

　熱心な読経が、とめどなく流れてくる。

　又左のうなじの皮膚がこわばった。右手でさすりつつ、密かに左手で腰の刀の鯉口を切る。

「又左よ」

　声をかけられて、相当近くまで詰め寄られていたことを悟る。油断なく、ゆっくりと振り向いた。足立六兵衛が立っている。想像していたより、ずっと近かった。この間合いになるまで、気配を感じなかったとは。又左は口の内側を嚙む。

「なにか用か」

　かすかに重心を低くし、かかとも浮かして又左は問う。

　見ると、足立六兵衛の手には美しい鞘袋に包まれた脇差しが握られている。

「今は弔いの場だ。お主の発する気は、それにふさわしくない」

「それを言いにきたのか」

足立は首を横にふった。

「美濃へ戻る。一緒に来るか」

「なんだと」

足立を睨みつけた。

「それは、どういう了見だ」

「首が欲しくないか」

「首だと」

「そうだ。わしの首だ」

背を曲げるような極端な前傾の構えを、又左はつくる。刀の柄に手をやり、強く握った。

「わしの首があれば、織田家への帰参が叶うやもしれんぞ」

「ふざけるな。おれでは勝てないとでも言うつもりか」

足首の腱が極限まで伸びた。何かのきっかけがあれば跳び、斬頭の太刀を浴びせることができる。

「それに——」と、又左は詰めよりつつ言う。

「なぜ、貴様の首で帰参できる。いかに首取り足立の名が知れてるとはいえ、今は貴様も渡りの武者だ。その程度の首で帰参できるほど、織田家は安くない」

逆に足立の首を手土産に帰参を願えば、笑い物になるだろう。

足立は、鞘袋に包まれた脇差しを前へ突きだした。

「これは、義元左文字だ」

又左のまぶたが見開かれる。

討ちとられた今川義元の佩刀。古今ふたつとない、名刀として有名だ。首とともに、戦利品として信長の元に届けられた。信長は、それを脇差しの長さに設え直したとは風の噂で聞いていた

が——。

「陣借りの褒美の銭はもらったが、少々すくなかったのでな。働きに見合うものということで」

「盗んだのか」

言葉をかぶせると、にやりと足立は芝居がかった笑みを浮かべた。

「義元左文字もわしほどの遣い手にもらわれたのだから、きっと喜んでおろう」

いよいよ、又左は殺気を極限まで昂ぶらせる。

「左文字とわしの首があれば、お主でも帰参が叶うのではないかな」

「そのために、美濃までついて来い、と。馬鹿馬鹿しい、今ここで——」

不覚にも、又左の声がしぼんだ。

今、ここで足立六兵衛と立ち合う。

己の歯ぎしりが聞こえた。左手で握る鞘も悲鳴をあげる。

勝てる気がしなかった。

「そういうことだ。今ここでやっても、お主は勝てぬ。欲しければついてこい。道中を襲うもよし、美濃にある我が庵で襲うもよし。もちろん、諦めて帰るもよし、だ」

くるりと、足立はきびすを返した。舌打ちとともに、又左は柄にやっていた右手を戻す。びっしょりと汗をかいていた。

歩む足立のあとを、又左はゆっくりと、しかし確かな足取りでついていく。

　　　　　＊

又左の口の中は、血に満ちていた。

「くそったれが」

うめくと血が気道につまる。甘かった。足立六兵衛についていき、こちらが機をうかがい襲えると思っていた。が、実際はちがう。美濃への道中、突然足立の方から襲ってきたのだ。得物は棒だった。一方の又左は朱槍。しかし、歯が立たなかった。槍を奪われ、あとはめった打ちにされた。手負いの体で必死についていくと、また何日かすると襲ってくる。

美濃の山中にある庵に、足立は腰を落ちつけたが、やはり襲いかかる隙はない。逆に襲撃されぬように、気を張る日々がつづいた。どころか、今も足立の草庵の前でこっぴどく痛めつけられた。

考えれば当たり前だ。この乱世で寝込みを襲われるとわかっていて、身辺に刺客を放っておくわけがない。

又左は、血の味のする咳を何度もこぼす。手をついて立ち上がろうとするが無理だった。意識が遠のきそうだ。歯を食いしばって耐える。

「もし、大丈夫か」

声がして、腫れたまぶたを無理矢理に開けた。十代後半の青年が旅装姿で立っている。真っ白

な手ぬぐいで、又左の顔や首の血をぬぐってくれていた。知らない顔だ。

「誰にやられたのだ。まさか、足立六兵衛殿か」

どうして、青年がその名を知っているのか。いや、こんな山中の庵にくるということは、足立

に用があるとしか考えられない。

「誰にだっていいだろう。そういうあんたは何用だ」

「足立六兵衛殿に用がある」

「だろうな。で、どんな用件だ」

しばしの沈黙の後に「仇討ちだ」と青年は静かに答えた。

「父が五年前に、足立殿に討たれた」

五年前ということは、斎藤道三と子の義龍が相争った時だ。

「あんたは、斎藤家の侍か」

青年はこくりとうなずく。

「足立殿は、どこにおられる」

「さあな、待ってりゃくるだろうさ」

やがて草をかきわける音がして、又左の言葉通りに足立が現れた。山菜でも取っていたのか、

笊を小脇に抱えている。青年の姿を見て、目をわずかに見開いた。

「足立殿だな」

「いかにも」

「私は——」

腕をあげて、足立が言葉を制した。

「もしや、長坂図書殿の一族か」

今度は、青年が驚く番だった。

「長坂図書が一子、長坂八郎と申す。仇討ちにまいった」

「そうか。長坂殿によく似ているな」

「父のことを、覚えておられるのか」

青年はつとめて冷静をよそおい訊ねた。

「首をとった武者の顔と名は決して忘れない。それが人としての礼儀だ」

しばし、ふたり静かに見つめあう。戦いあう雰囲気には、とても思えなかった。

長坂八郎は懐から書を一通取り出し、地において石で重しにした。

「それは何かね」

「果たし合いが終われば、読んでいただきたい」

その声は静かで、かつ澄んでいた。

こやつは最初から足立に勝てるとは思っていない。そう、又左は悟った。

長坂は、大上段に刀を構える。

勝負は見えていた。実力がちがいすぎる。

裂帛の気合いとともに長坂が打ちかかるが、足立は難なく右に飛ぶ。着地するより早く、足立の刀がうなった。まるで、雷だ。

凄まじい斬撃だった。

又左にできたことは、残光を追うだけである。

気づけば、長坂の首が胴体から斬り離されていた。

又左の総身が震えだす。

全身に鳥肌が立った。

「足立ィ」

怒りに任せて、立ち上がることができた。もう痛みは感じない。いや、本能が感じとることを完全に忘れていた。

足立は、討ちとった首を両手で包むようにして持つところだった。

「どうしたのだ」

問い返されたが、又左は答えられない。あまりの怒りのため、あごが震えている。舌もしびれていた。

又左は許せなかった。長坂八郎を討ったことがではない。長坂に、足立が全力で立ち合ったことがだ。

先ほどのやりとりをみて、悟った。足立は、又左に対して今まで一瞬たりとも本気をだしていない。少なくとも、今の長坂への斬頭の一太刀の半分ほどの本気しかだしていない。

屈辱が視界を大きく歪めた。

「どうして、おれと本気で立ち合わない」

「お主には、全力で立ち合う資格はない」

「ふざけるな。では、なぜ、こやつには本気をだした」

首を喪った長坂の体に指を突きつけた。長坂の力量は、足立はおろか又左にも遠く及ばない。

「ひとつ聞くが、お前は野良犬に本気をだすのか」

野良犬とよばれて、又左の肚が怒りに焼かれる。足立に襲いかかろうとして、足がふらつき前のめりに倒れた。忘れていた痛みが蘇り、うめき声が口から漏れる。かろうじて手を伸ばして、四つん這いになった。そのあいだに、足立は長坂の置いた文を手にとる。目を書状に走らせて、長い嘆息を吐きだした。

「又左、ついてこい」

足立は歩いていく。

「ま、待て」

ふるえる足を叱咤し、必死の思いでついていく。又左がやっと追いつくのと、足立が火打石で蠟燭に火をつけるのは同時だった。ぼうと洞内が明るくなる。

又左は息を呑んだ。壁一面に、数多の仏が刻まれている。

「なんだ、これは」

「わしが彫った。今まで戦い首をとった者たちの供養のためにな」

ごくりと又左は唾を呑んだ。足立は石仏の横に置いてあった鑿をとり、金槌を打ちつける。しばらくすると、粗くではあるが一体の仏ができあがった。顔貌が、先ほど死んだ青年によく似ている。

「少し待っておれ」

足立は長坂の首を板の上に置いた。そして茶器でも扱うかのように、両手で捧げもつ。あれは
――首実検の作法だ。石仏たちを君主とみたてているのか。弓を杖にする総大将の姿が洞窟の暗
がりに浮かぶかのような錯覚があり、あわてて又左は首を横にふった。

「さて」と、首実検を終えた足立はこちらに目をやる。

「今のは何だ」

「弔いだ」

「首実検がか」

「そうだ。長坂八郎はまことの武者だ。戦場に在るかのように弔うのが筋だろう。それよりも

――」

ひとつ息を吐いて、足立はつづける。

「お前をここに置いておくのは、今日までだ。残念だが、上総介殿との約束は守れなかった」

どういうことだ。足立は、信長と何かの約定を交わしているのか。

石仏たちの中央に、三方が置かれていることに気づいた。その上に、鞘袋に包まれた脇差しが
ある。あれは、義元左文字ではないか。足立が手に取り、又左へと渡す。封を解き、脇差しをあ
らわにした。鞘から抜いてみて、驚いた。あまりにも輝きが鈍い。これは義元左文字ではない。

雑兵が持つ、無銘の脇差しだ。

「義元左文字の名を出せば、お主がついてくると思ってな」

「なぜ、おれを騙した」

「お主の目を開かせるためだ」

「意味がわかるように言え」

脇差しのきっさきを突きつけた。満身創痍の今、敵うわけはないが、刃に殺気をこめる。

「上総介殿は、目を開かれた。正徳寺の会見の前、道三公との茶席でだ」

確かに信長はその後、すぐ傾奇者の異装をやめた。目を開くとは、礼法を身につけるということか。馬鹿馬鹿しい。それは又左にとって、牙を抜くに等しい行為だ。

「道三公は常々言っておられた。今の己があるのは、桃巌殿のおかげだとな」

足立は言う。互いに敵として鎬を削りあったからこそ、成長できたのだと。きっと、それは信秀もしかりであろう。

「確かに今は乱世だ。手を汚さずに――殺生にかかわらずに生きるのは難しい。しかし、だからといってただ殺し合うだけでは、我らは獣にも劣る」

「だから、お互いに高めあわねばならぬというのか。大層な御託だな」

「礼節と敬意を欠いて、どうやって互いに高めあうのだ。道三公は常々そう言っていた。そして、それを伝えるために正徳寺の会見の前に、茶席を設けた。幸いにも、上総介殿は言葉を交わさずともわかってくれた」

なぜか、手に持つ脇差しがずしりと重く感じられた。

「ふん、学問の師匠でも気取るつもりか」

「では聞くが、道三公とお会いする前の、傾奇者の上総介殿だったら、桶狭間で今川義元公を討てたかな」

又左は何も言いかえせない。

「桶狭間のあと、上総介殿に頼まれた。お前の目を覚まさせて欲しい、とな。このままでは、又左は生きながら畜生道を歩まねばならぬと心配されていた。まあ、頼まれたが、わしには過ぎた仕事だった。道三公とちがい、わしは機転がきかぬ。お主は、獣のままだ」

皮肉げな笑みを、足立は顔に浮かべた。かすかに、疲れの色も見える。いや、諦念だろうか。

「何より情勢が許さぬのだ。この書状は、八郎殿のものではない。左京大夫様（斎藤義龍）のものだ。八郎殿は使いとして、もってきてくれたのだ」

足立は袖から文を取り出す。

「左京大夫様は、死病だそうだ。先は長くない、と書いてある。半年ももたぬであろう、とな。その上で、わしに斎藤家に戻ってきて欲しい、とある。左京大夫様が没すれば、織田家は間違いなく美濃に攻めてこよう」

「今川義元を討ち東方の脅威がなくなった今、信長が義龍死去の好機を逃すとは思えない。

「道三公との縁で、桶狭間では上総介殿に助力した。が、織田家と斎藤家が鉾盾となれば、話は別だ」

そこで言葉を切り、足立は合掌して小さく念仏を唱えた。

「何より、命を賭してこの書状を持ってきた長坂八郎殿の思いに応えねばならない。わしは、故郷の美濃を守るために戦う」

*

梅雨時の大粒の雨が、美濃の国を湿らせていた。鈍色の帳が下りるかのようだ。その下には、

木曾川と飛驒川のふたつの大河が寝そべっている。雨を食んで水量を増加させる様は、よく肥えた二匹の大蛇を連想させた。

尾張からの何十隻もの船団が、その川を遡上している。甲板には永楽銭をかたどった旗差物や長槍がひしめいていた。

二日前に、斎藤義龍が死んだ。手ぐすねひいていた信長は、すぐさま陣触れを発する。わずか二日で、大軍を美濃の国へと送りこんだ。予期していたとはいえ、恐ろしい速さという他ない。

礼とは何なのか。敵を敬うというのは、どういう心持ちなのか。川岸で雨にうたれる又左には、いまだにわからない。他国の領主の死につけこむ信長に、礼や敬はあるのか。悪辣な手段を駆使せねばならぬからこそ、礼と敬を最後まで持っていなければいけないのか。

織田の船団が岸につき、続々と兵たちが降りてくる。

雨の中を駆け、又左は近寄る。

「何者だ」

長槍をもつ人垣が、又左の前に立ちはだかった。

「前田又左ァ」

大きな声で名乗ると、人垣が割れた。奥から現れたのは、織田信長だ。

又左は、女のように長い髪を後ろで束ねていた。黒鉄の甲冑の上には、虎皮の陣羽織で身を包んでいる。その羽織は地につかんかというほどに長い。完全なる傾奇者の装束である。

又左は鞘のついた脇差しを、信長へとつきつけた。義元左文字と足立六兵衛が偽った無銘の刀

だ。又左の側からは見えないが、信長の目には朱色の鉄製の笄が鞘に取りつけられているのがわかるはずだ。

拾阿弥を討つ原因となった、笄だ。もし又左が織田家に帰参するに足る男になっていたら、信長は笄を又左に返すように足立に言い添えていた。それをもって織田家帰参の許しの手形とする、という手はずだった。

「又左よ、目が覚めたか」

信長の問いに、又左は首を横にふった。

又左は、餞別として足立から脇差しごと笄をもらった。織田家と斎藤家が鉾盾となるこたびの事態がなければ、決して返してもらえなかったはずだ。

「未熟者なれば、開眼はあたわず」

「では、なぜここにいる」

又左は間をとった。

丹田に力をこめて口を開く。

「足立六兵衛と戦うため」

どよめきが、兵たちのあいだから沸きあがる。

「ゆえに、上総介様に陣借りを所望する」

「陣は借さぬ」

やはり、信長の返答はにべもない。

「だが、ついてきたければ勝手にしろ。戦いたければ、斎藤家とでも足立六兵衛とでも好きに戦

「うがいい」

荒々しく、又左は低頭した。

織田の軍兵たちは、すべて川岸に降りたっている。

信長は、馬上の人になった。

「今より、美濃を攻める」

信長の下知が、曇天に轟いた。

「左京大夫が死んだ今、この好機を逃す手はない。尾張織田家の強さを、満天下に知らしめろ」

織田の軍兵たちが怒号で応じ、沸きたつように、川面がゆれる。

*

土砂降りの雨のなか、織田家と斎藤家の軍勢がもみあっている。水煙が立ちこめ、みな胸まで泥にまみれていた。

一進一退ではなかった。

織田の兵が、次々と斎藤家の武者たちを討ちとっていく。

「日比野下野、恒河久蔵が首を頂戴した」

「長井甲斐は、服部平左衛門が仕留めたぞ」

「神戸将監、河村久五郎が討ちとったり」

同時にあがった三声に、わっと織田軍が活気づく。みな名のある侍大将で、なかでも日比野下

野、長井甲斐の二将は、軍勢を率いる主将だ。

勢いづく織田軍。

みな槍を水平に構え、雨で煙る敵陣へと躊躇なく突っこんでいく。

突然だった。

棚からこぼれるように、織田軍の武者の首が落ちる。それもひとつではない。数人の織田兵が一度に首を失い、三つほど数えてから気づいたように倒れていく。

線をひく雨をかきわけて、ひとりの武者が姿をあらわした。目庇の下の顔は仏僧のように穏やかで、薄い髭を蓄えている。

足立六兵衛だ。

「許せ」と、足立が発する。目を倒れた骸にやっていた。

「敗戦のしんがりをうけたまわったゆえ、ひとりひとりの姓名、顔を覚えることはあたわず」

足立の言葉は、たじろぎかけていた織田の武者たちの足を止めた。みな、侮辱の言葉と受けとったのだ。

「だが、手にかけた命の数だけは決して忘れぬ」

そう言って、あろうことか片手拝みの形で念仏を唱えはじめる。

「ふざけるな、ここは戦場ぞ」

「我らを愚弄するか」

殺気を取りもどした織田兵が、一斉に襲いかかる。

片手拝みの形のまま、足立は右手だけで槍を振り上げた。

槍が風を切る音と、念仏が和す。

次々と、織田の武者の首が刎ねられていく。

そのうちのひとつが、又左の臑（すね）に当たった。

「久しぶりだな、足立」

又左がそう呼びかけて、やっと足立の読経が止んだ。すこし遅れて、刃風も凪ぐ。

その隙に、織田兵たちが後ずさる。又左と足立を中心にして輪をつくるようにして、遠まきに

した。

「相変わらずのようだな」

又左のなりを頭からつま先まで見て、足立がそう言った。虎皮の陣羽織は血と泥で汚れていた。きっと足立の目に映る又左は、飢

えた狼か熊を思わせるはずだ。

「残念ながら、そう簡単には生き方は変えられん」

左足を大きく前にだし、又左は身を沈める。

足立も応えるように、身を沈めた。

「足立よ、向こうに上総介様がいる」

ぴくりと、足立のもつ槍の穂先がゆれた。

「お前なら、あるいは上総介様の首をとれるかもしれんぞ。しんがりなんて、つまらんだろう。

負け戦を、勝ち戦に変えてみろ」

どういうつもりだと足立は目で問いかけた。

「あんたには、生き方を教えてもらった。といっても、身についた自信はないがな。なら、今度はおれがあんたに生き方を教えてやる。傾くってのは、どういうことか教えてやる。上総介様の場所はわかっただろう。行って首をとってこい」

本心からの言葉だ。死ぬつもりの男と戦っても、つまらない。生に執着し、手柄を立てんと欲する男と槍をまじわらせてこそ、又左の血は滾る。

「もっとも」

つづけた又左の声に足立の言葉がかぶさる。

ふたり同時にこう言っていた。

「通すつもりはねえけどな」

「通すつもりはないのだろう」

ふたりは共に破顔する。

それが合図だった。

ふたつの槍が雨を切り裂く。圧倒的に、足立の槍が疾かった。受けた又左の朱槍が、くの字に折れる。が、足立の穂先も無事ではなかった。銀片が舞っている。刃が無残にも砕けていた。又左は朱槍を手放す。どすんと落ちた響きに、きっと足立は悟っただろう。又左が、柄に筋金を幾重にも巻いていたことを。又左の狙いはただひとつ。足立の槍を不具にすることだけだった。

腰の刀を、大上段に振りあげる。一方の足立は、やっと刀を鞘から抜いたところだ。

雨よりも速く、又左は刀を振り落とした。

右へとよけた足立の顔が、こわばった。どこかで見た風景だと思ったのかもしれない。そうだ。

長坂八郎という青年が斬りつけた時と、全く同じだ。幾度も打ち据えられ、又左はひとつわかったことがある。足立は大上段の一撃を、決して刀や槍では受けない。右か左へ跳んで逃げる。

長坂八郎との立ち合いを見て、そう確信した。

籠手に隠しもっていたものを、投げつける。あやまたずに、それは足立の左目に吸いこまれた。

朱色の笄が、足立の左目に深々と刺さっていた。

容赦はしない。死角から刀を繰りだす。雨がつくる幾重もの線を、横一文字に断つ。

足立は、後ろへ跳んだ。

刹那——

雨に赤いものが混じる。足立の首から下の雨が、朱に染まった。又左の刃が足立の喉を斬り裂いたのだ。

がくりと、足立は両膝をつく。

静かに、又左は横によりそう。足立は、血を止める気はないようだ。

念仏——のようなものを唱えている。

雨は、足立が首から流す血を洗い流すかのように天から降りつづけていた。

ゆっくりと大上段に振りあげる。

「足立六兵衛」

又左の呼びかけに、足立はうつむいてうなじを露わにした。

「あんたのことは、忘れようにもきっと忘れられないだろうぜ」

言うや否や、断頭の太刀を振り下ろした。

又左の足元には、首取りの異名をとった男の骸が地に伏していた。転がった首は赤い線をひき、くぼみにはまっている。泥にまみれた足立の首を又左がそっと取り上げた時、合戦は終わった。

　　　　＊

雨は止み、晴れ間が雲のあちこちを突き破らんとしていた。

又左は、勝利に沸く陣中を大股で闊歩（かっぽ）する。やがて、信長の本陣が見えた。永楽銭の紋を染めた陣幕の一部が上がり、その前に武者たちが人垣をつくっている。

首実検のために集まっていた武者たちだ。みなが、又左に目差しを向けてくる。

血と泥で汚れた虎皮の陣羽織が、湿った風になびく。

傾奇者の異装のまま、又左は歩む。

だが、いつもとちがうところもあった。

両手には首板をもち、その上に足立六兵衛の首がのっていたのだ。首化粧こそはしていないが、血泥は綺麗に拭きとられている。

敵の大将を討ちとった恒河と服部が道を開けた。陣幕のすぐ向こうに、床机の上に座す信長が

見える。足立の名につづいて、又左は己の名を作法通りに宣言した。

どよめきが周囲に満ちる。

又左は首板を地に置き、両手をつかって足立の首を持つ。そして、信長に見えるように高く掲げた。

信長も又左に応じた。立ち上がり、従者から弓を受けとり左で握り、杖に替える。空いている右手で腰の刀を三寸（約九センチメートル）ほど抜く。そして、音をたてて納刀した。

又左は右回りで後ろへと下がり、再び間合いをとって信長を見る。

信長は弓を従者にあずけ、扇を手にしていた。全て開き三度あおげば、首実検の儀式は終わる。

だが、信長は開かない。

信長の目差しは、又左の装束に注がれている。

「又左、なんだ、そのなりは」

信長の声が、静寂にしみわたるかのようだ。

「天下布武をになう織田の武者が、そんな姿でいいのか」

又左は頭をかいた。そして、信長に笑いかける。

「生き方のすべてを変えられるわけではありませぬ」

ふんと、信長が鼻で笑った。

「強情な奴め」

そう言って、信長は目を細めた。

硬かった表情が、いつのまにか柔らかくなっている。

手首を振って、扇を一気に開く。そして、作法通りに三度あおいだ。

また手首をふり扇を閉じ、右手に持ち替え、腰帯に差し直す。

「おおう」と、感嘆の声があがった。

又左の首実検は、滞りなく終わったのだ。

信長が又左の首取りを手柄と認めた——織田家への帰参が叶った瞬間でもある。

雲が大きく割れ、日が差しこんだ。

「又左、これからも励め」

「ははァ」

又左は、深く頭を下げた。

顔を上げた時には幕は下ろされ、信長の姿は見えない。

首級がのった首板をかかえ、又左は振りむく。木曾川と飛驒川が、陽光を受けて燦々と輝いて

いた。

解説・ブックガイド②

【合戦の作法】

⊙ 解説

合戦に向かう武士は、縁起をかつぐため古くから様々な儀式を行っていた。出陣式の膳に"打つ、勝つ、喜ぶ"を意味する打鮑、勝栗、干昆布を並べるのは有名ではなかろうか。ただ、笹間良彦『図説日本戦陣作法事典』を読むと、実際の儀式はかなり複雑な手順があったようだ。

出陣式では、重臣の指揮のもと、主将が「三献の儀式」を行う。まず陪膳という役職が、打鮑、勝栗、干昆布を「三つの土器皿に入れ、三ツ組盃を添えた折敷か高杯」を持って、主将が手を伸ばして肴や杯が取りやすい場所に置く。つぎに、主将が打鮑を取って食べるのを見計らって、長柄という役職が、主将が手に持った一の杯に酒を注ぐ。これを主将がゆっくり飲んでいる間に、今度は長柄が立ち上って左廻りして、酒を補充してもらいに行く。この手順を勝栗、干昆布と繰り返して「三献の儀式」が終わる。

これに続いて、「兜所役が左廻りして主将の前にきて兜を着せ、弓所役が前に進んで、弓を左手に渡す」。そして立ち上がった主将が「えい、えい」と言うと、やはり立ち上が

った全軍が「おう」と怒鳴り、これを三回繰り返す、というものらしい。

同じように、合戦後、家臣が討ち取った首を主君に披露する首実検にも作法があった。再び『図説日本戦陣作法事典』を引用すると、完全武装した大将が「南面して中央の鎧櫃か床几に腰を降ろす」。首を持参してきた家臣が膝をつき首を見せると、大将は立ち上がり「弓杖ついて、太刀の柄に手をかけ少し抜きかけて太刀を収め、顔を右に向けて、目尻で左の敵首を一目見る」。さらに首を退去させたあとは、左手の「弓を右手に持ち替え、左手で胸前に軍扇を開き、鯨波の音頭」を取るという。

織田信長、長宗我部元親、蒲生氏郷、徳川家康らの初陣を描いた東郷隆による連作集『初陣物語』では、出陣式で主将の前に進み出た家臣が左廻りで下がるのは、後ずさりには敵に臆する意味が、右廻りには敵に背を向ける意味があったからとしている。『初陣物語』には、このほかにも時代考証に定評がある東郷らしいマニアックな儀式が出てくるので、興味がある方は一読をお勧めしたい。敵を討ち取った証拠となる首について、味方のものを奪う、貸し借りする、金で買うなどの行為は禁止されていたが、こうしたルールが破る人間がいたからである。伊東潤の連作集『戦国無常　首獲り』は、小狩りあるのは、破る人間がいたからである。伊東潤の連作集『戦国無常　首獲り』は、小狩り立ち回ってでも首を手に入れようとする下級武士を描いており、悲哀が身に沁みる。

儀式は各家によって異なっているようだが、概ねこのような流れだったようだ。

本作も、武士の儀式をめぐる物語である。

乱世になると必ず、常識、権威、伝統に反発し、派手な衣装を着て乱暴狼藉を働く者が

出てくる。南北朝時代に出現した「**ばさら**」（漢字表記だと「婆娑羅」など）はその典型で、高師直、佐々木導誉などは大名でありながら「ばさら」だった。室町幕府の全盛期を経て再び権威が揺らいだ戦国時代に入ると、今度は、色鮮やかな着物や動物の毛皮を使った衣装を着て、大刀や朱槍といった常軌を逸した武器を持つ若者が現れる。彼らは「かぶきもの」（漢字表記だと「傾奇者」など）や「**うつけ**」などと呼ばれた。

本作の主人公であり、後に加賀百万石の大名になる前田利家も若き日は「傾奇者」だった。戦場では作法を守らず敵の首を取り、首実検の場でも手順を無視していた。主君の信長も利家に勝る「傾奇者」で、若いころは、作法など歯牙にもかけていなかった。

そんな信長が、あるとき舅である斎藤道三と会見することになった。太田牛一『信長公記』によると、会見場の正徳寺に向かう信長は「ちゃせんの髪を巻き立て、ゆかたびらの袖をはづし」、腰の廻りには「火燧袋、ひょうたん七ツ、八ツ付けさせられ、虎革、豹革四ツがわりの半袴」という異装であり、それを道三は外から隠れて覗き見ていた。だが、その後の会見では、信長は予想に反し、見事に正装して現れたのだ。それを目の当たりにした道三は、「無念なる事に候」、自分の子供は「信長の門外に馬を繋ぐべき事」になると嘆いたという。

木下昌輝は本作で、信長が服装を改めた有名なエピソードの裏には、会見前に密かに接触してきた道三から、「礼」の大切さを諭され、納得したとの秘話があったとしている。

利家は、信長に仕える拾阿弥を斬って怒りを買い、織田家を放逐されている。その理

由には諸説あるが、本作では、「傾奇者」をやめた信長への不満と、拾阿弥が指南している礼法への反発が原因だった、とされている。

月日が流れ、利家は織田家に帰参するため、陣借りして手柄を立てようとしていたある日、「首取り足立」の異名を持つ斎藤家の猛将・足立六兵衛と出会い、敵か味方か判然としない六兵衛と行動を共にするうちに、利家が「礼」とどのように向き合うようになるかが後半の鍵となる。

「礼」とは、敵であっても敬う行為である。「礼」を軽んじていた信長、そして利家が、「礼」の重要性に気付く展開は、敵と見なした者であれば徹底して差別、憎悪しても、排除しても構わないという現代の風潮への批判のようにも思えた。

ブックガイド

戦国の合戦、戦場を駆けた豪傑について知りたいなら、「応仁の乱」「桶狭間合戦」「小田原陣」「碧蹄館の戦」など十六の合戦をまとめた菊池寛『日本合戦譚』が役立つ。また、「長篠合戦」「姉川の戦」「山崎の戦」「川中島の戦」「厳島の戦」など九つの合戦を取り上げた松本清張『私説・日本合戦譚』や、蒲生氏郷、長曾我部元親、伊達政宗ら戦国武将の生涯を描いた海音寺潮五郎の史伝『武将列伝』も、スタンダードな歴史の流れを伝えている。

さらに、現在第一線で活躍する作家が各自一人の武将を取り上げ、関ヶ原、川中島、桶狭間、賤ヶ岳などの合戦を様々な角度から切り取ったアンソロジー『決戦！シリーズ』は、最新研究を踏まえた合戦の実態を見て取ることができるだろう。

一つの合戦を詳細に描いた作品もある。織田信長が今川義元に勝利した桶狭間の戦いは、乾坤一擲の勝負に勝った偶発的な勝利とも、綿密な計画があったともいわれている。

鈴木英治『義元謀殺』は、一家惨殺事件の謎を追うミステリ・タッチの展開の中に、信長が義元を討つためにめぐらせた謀略の存在を織り込んでいた。阿郷舜『桶狭間 天空の砦』は、様々な技術を身につけた修験者と近隣の農民の援助が信長を勝利に導いたとしている。

長篠の合戦は、織田信長と徳川家康の鉄砲隊が武田の騎馬隊を殲滅した、とされてきた。ただ、武田家には騎馬を主体にした部隊は存在しなかったともいわれている。三隊の鉄砲隊が順番に射撃することで弾込めの時間を短縮した、信長勘案とされるいわゆる「三段撃ち」が武田騎馬隊を破ったのも、後世の創作との見方が有力視されている（このあたりは、平山優『長篠合戦』に詳しい）。織田信長に鉄砲を教えた橋本一巴を主人公にした山本兼一『雷神の筒』は、最新の研究を踏まえて、両軍が鉄砲を撃ち合う壮絶な長篠の合戦を描いている。

信長が武田家を滅ぼすための布石を打ち、その結果が長篠の合戦に繋がったとする伊東潤『天地雷動』は、柵を築き大軍で待ち構えている織田・徳川軍に武田軍が突撃した不可解な行動を合理的に説明していた。

岡田秀文『賤ヶ嶽』は、信長没後の主導権を羽柴秀吉と柴田勝家が争い、その戦いに決着がつくまでを、息詰まる頭脳戦・心理戦として描いている。

天下分け目となった関ヶ原の合戦では、理想論者の石田三成と現実主義者の徳川家康の対立として関ヶ原の合戦を捉えた、司馬遼太郎の名作『関ヶ原』を真っ先にあげる必要がある。

関ヶ原では、毛利家、小早川家、島津家などが常識ではありえない動きをした。そこで、これらの理由を扱った小説をいくつか取り上げよう。

まず、前線で戦うはずだった毛利輝元が合戦に参加しなかったのは、毛利家を存続させるための吉川広家の深慮遠謀があったとするのが、中路啓太『うつけの采配』である。さらに、土壇場で西軍を裏切ったとの汚名を着せられた小早川秀秋を再評価したのが、矢野隆『我が名は秀秋』と大塚卓嗣『鬼手 小早川秀秋伝』。また、家康本陣の前を横切った島津義弘の撤退戦をクライマックスに、その理由に独自の解釈を施した天野純希『衝天の剣 島津義弘伝 上』『回天の剣 島津義弘伝 下』を読むと、関ヶ原の合戦にまつわる謎がクリアになることだろう。白峰旬『新解釈 関ヶ原合戦の真実』で提示された、秀秋は開戦直後に裏切り東軍勝利は早く決まったという新説に着想を得た木下昌輝『宇喜多の楽土』は、これまでの関ヶ原を描いた小説にない顛末になっていた。

なお、武士といえば剣術を遣うとの印象が強いかもしれないが、これは天下太平になった江戸時代以降のことで、戦国の豪傑は、槍・弓・鉄砲の達人が多かった。隆慶一郎『一夢庵風流記』では、愛用の朱槍を持てば敵を蹴散らす猛将であり、歌舞音曲や連歌にも通

じる風流人にして、派手な衣装を好み常識にとらわれない「かぶき者」でもあった前田慶次の型破りな人生を活写している。やはり槍の名手だった島左近を描く谷津矢車『某には策があり申す』は、石田三成に忠義を尽くした〝義将〟とされてきた左近を、特定の主君に仕えない非正規社員のような武将とした着眼点が鮮やかだった。根来寺の僧兵に鉄砲隊を作った津田監物を主人公にした津本陽『鉄砲無頼伝』は、一撃必殺の狙撃から鉄砲隊が連携する集団戦闘まで、迫力のガン・アクションが続く。戦国時代においては、弓矢は鉄砲の登場で表舞台から消えたような印象もあるが、近衛龍春『九十三歳の関ヶ原　弓大将大島光義』を読むと、名人の手にかかると弓矢が長距離狙撃も連射もできる有効な武器だったことがよく分かる。

海賊

3限目
悪童たちの海　天野純希

一

「おい、いるか?」

扉を開けて声を掛けると、徐海はもう酔っ払っていた。

「よお、新五郎。お前もやってくか?」

濁った目をこちらに向け、盃を持ち上げてにやにやと笑う。

秀でた眉に切れ長の目、よく通った鼻筋。顔の造りこそなかなかの美男だが、その表情も仕草

もひどくだらしない。狭い部屋の卓の上には、空の酒瓶と食べかけの肴が載った皿。黄酒と、

明国料理特有の油と香辛料の匂い。

「悪いが、酒はそこまでだ」

俺は徐海から盃を取り上げ、腰に差した日本刀の柄をぽんと叩いた。

「仕事だ。出かけるぞ」

「何だよ、面倒臭え。お前一人で行ってくれよ」

「そうもいかん。沈門の旦那は、俺とお前で片付けてこいと言っている」

徐海は嘆息すると、不満たらたらの態で立ち上がり、壁に架けた柳葉刀を摑んだ。

明国出身の海商・沈門は、言うなればこのあたりに住む明国人たちの顔役だった。明国人絡みの揉め事は沈門のもとに持ち込まれ、場合によっては、俺たちのような連中が解決のために出向くことになる。

小高い山の中腹に建つ沈門の屋敷を出ると、初夏の湿った風に乗って、潮の香りが漂ってきた。山を下って街に出る。日はとうに沈んでいるが、人通りは多い。

九州は南の端の、大隅国、高須の港。錦江湾の東側に位置するこの街には、大陸からの船が多く出入りし、膨大な量の人と物、銭が行き交っている。街の一角には "唐房" と呼ばれる大陸出身者の街が形成され、今も発展を続けている。

帝や将軍の威光も、領主の権力も、この街には及ばない。だがここには、この世のすべてが詰まっている。酔っ払った船乗り。両腕で遊女の肩を抱く金持ち。遊郭で鳴り響く、華やかな歌声と管弦の音色。路地に目をやれば、家も銭も持たない連中が筵を敷いて寝転がり、野良犬が残飯を漁っていた。

聞こえてくるのは七割方、大陸の言葉だ。俺がこの高須に来て三年以上経つが、いまだにここは本当に日本なのかと疑わしくなる。一昨年にザビエルとかいう坊主が薩摩を訪れてからは、南蛮人までも街に出入りするようになっていた。

「それにしても、今日は一段と賑やかじゃねえか」

道端で白粉の匂いを振りまく遊女を名残惜しげに眺めながら、徐海が言った。

「今朝方、馬鹿でかいジャンク船が入港したらしい。何でも、はるばるシャム（タイ）まで商いに出向いて、硝石をしこたま仕入れて戻ったそうだ」

「何だそりゃ。そんなもん、どうするんだ？」

「知らないのか。硝石が無ければ、火薬は作れん。火薬が無ければ、鉄砲は撃てん」

種子島に来航したポルトガル人からこの国に鉄砲が持ち込まれたのは、今から八年前のことだ。それ以前にも大陸と行き来する海賊衆などは鉄砲を持っていたという話もあるが、詳しいことは俺もわからない。ともかく、目端の利く大名はこの新しい武器に着目し、火薬の需要は高まっていた。日本では採れない硝石は、異国から持ち帰れば、たちまち銭の山に変わるのだ。

「鉄砲なんて、卑怯者が使うもんだろ。男はやっぱり、こいつで勝負しねえと」

そう言って、徐海は腰の柳葉刀を叩く。

俺たちの会話は閩南語だ。この界隈では、閩南語ができなければ、文字通り話にもならない。

「で、俺たちはいったいどこへ向かってるんだ？」

「楊酒家だ。そのでかいジャンク船で戻った連中が、沈門の旦那の船の奴らと揉め事を起こしているらしい。悪いことに、ジャンク船の主は王直の家来だ」

「へえ、そりゃ面白え」

徐海の頬に、薄ら笑いが浮かぶ。酔いはもう、吹き飛んだようだ。

この街で、王直の名を知らない者はいないだろう。明国沿岸から九州、さらには琉球、南の島々までを股にかける大海商にして、自ら『浄海王』と称する倭寇、すなわち海賊の大頭目でもある。件のポルトガル人を種子島に連れてきたのも、王直の船という話だった。

民間の交易を認めない明国では、海で商いをする者は必然的に罪人ということになる。商いのいざこざで、商談相手がそのまま襲うべき獲物に変わることも珍しくはない。そうした意味で、今の世では海商も海賊も大した違いはなかった。

明国人でありながら倭寇と称されるのもおかしな話だが、百年前ならともかく、今の倭寇は十人中、七人から八人が明国人だ。王直はそうした連中を束ね、今では数百隻に及ぶ船団を抱えているという。高須に限らず、このあたりの海で王直を敵に回すことは、すなわち死を意味する。

楊酒家に着くと、主人の楊が、気の毒なほど狼狽えながら出迎えた。早口過ぎて聞き取れないが、さっさと収めてくれなきゃ商売にならない、といったところだろう。

店内に入ると、血の臭いが鼻を衝いた。倒れた卓や椅子、割れた皿や酒瓶が散乱し、五人の明国人が殺気立った目でそれぞれの得物を向けてくる。

「何だ、若いの。俺たちに何か用か？」

五人の中では年嵩らしい、髭面の男が凄んできた。手にした柳葉刀からは、血が滴っている。

五尺八寸（約一七六センチメートル）の俺は、日本人にしては長身だが、連中は全員、俺と同じかそれ以上だ。発する気から、荒事に慣れているのもわかる。

「この店で揉め事は困る。他所でやってくれって言いに来たんだがな」

「そりゃご苦労なこったな。けど、揉め事なら今さっき終わったぜ」

「そのようだ」

見ると、床にちぎれた腕が転がっていた。三人の男が倒れていて、一人はすでに死んでいる。

残る二人も、命が助かるかは五分五分といったところか。

商船といっても、乗っているのは気の荒い連中ばかりだ。酒場での些細な言い争いが殺し合いに発展することなど、珍しくも何ともなかった。

「わかったらさっさと失せな」

「それはできんな。この店の主は沈門の縁者で、しかもあんたらが殺ったのは、沈門の船の人間ときた。屋敷に来て、詫びの一つも入れてもらわなければ……」

俺がまだ言い終わらないうちに、徐海が腕をぶん、と振る。

一人の眉間に、小さな刃物が突き立った。飛刀。暗器としても使われる、手裏剣に似た大陸の武器だ。鉄砲は卑怯だなどと言っていたくせに、徐海はこの武器を得手としている。

続けて、もう一人の喉に飛刀が突き刺さる。そいつが倒れるより早く、徐海は柳葉刀を抜いて床を蹴った。五尺少々と小柄だが、その俊敏な動きは相当な手練でも捉えるのが難しい。舞うような動きで、徐海が刀を振る。別の一人の腕が飛び、血飛沫が上がった。

「あの馬鹿、やりやがった!」

まったく、人が穏便に済ませようとしているのに。やむなく、俺も舌打ちしながら後に続いた。

「倭奴!」

髭面の男が、柳葉刀を振り上げる。倭奴。明国人が使う、日本人への罵倒語だ。

俺は刀の鯉口を切り、がら空きの胴へ抜き打ちを見舞う。胸を斜めに斬り裂かれ、哀れな髭面は呆気なく血の海に沈んだ。

「侍、舐めるなよ」

瞬く間に四人を倒され、残った一人は呆気に取られていた。

「おい……てめえ、俺たちが王直様の配下と知って……」

さすがに全員殺すのはまずい。こいつは生かしたまま屋敷に連れ帰って、と考えたところで、

徐海の刀が男の喉を貫いた。

「うるせえよ。他人の看板持ち出すくらいなら、最初から刀なんか抜くんじゃねえ」

徐海は、勝ち誇るような笑みを浮かべた。命のやり取りをしている時のこの男の顔は、羨ましいほど生き生きとしている。

　　　二

俺が徐海と出会ったのは、ほんの三月ほど前のことだった。

徐海は俺と同い年の二十五歳、明国は徽州 歙県の生まれ。そして信じ難いことに、明国にいた頃は僧侶だったという。

「明山和尚っていえば、そこらじゃ名の知れた坊主だったんだぜ」

徐海は自慢げに語るが、賭場に入り浸ったり、遊女の部屋に忍び込んで喧嘩沙汰を起こしたりと、悪名高い破戒僧として知られていたようだ。

寺での退屈な日々にうんざりして還俗した徐海は、各地を放浪した後に、海商として成功していた叔父の徐惟学を頼った。

徐惟学は浙江、福建を本拠としながら、大隅にも勢力を伸ばしていた。徐惟学は甥を海商、も

しくは海賊見習いとして、かねて親交のある沈門に預けることにした。

一目見ただけで、ただ者ではない、あるいはまともではないことがはっきりとわかった。裡に抱える凶暴な獣を、表面の薄ら笑いで包み隠している。腕も相当なもので、殺した人間は一人や二人ではきかないだろう。徐海も俺を同類と見たのか、すぐに意気投合し、二人で組んで仕事をし、銭が入れば町へ繰り出して飲み歩くようになった。

しかし問題は、徐惟学の盟友であり、兄貴分とも言える存在が、あの王直だということ。

「この馬鹿どもが。誰が皆殺しにしてこいと言った！」

予想通り、沈門の怒りようは尋常ではなかった。それも無理はないだろう。場合によっては、王直の船団が来襲し、高須を焼け野原に変えかねないのだ。

だが、最悪の事態は何とか避けられた。徐惟学は甥の乱行を率直に詫び、王直もそれを受け入れたのだ。

王直と徐惟学は今、浙江方面で対立する倭寇集団との戦に忙殺されている。二人にしてみれば、下っ端が数人殺されたというだけで、内輪揉めをしているわけにはいかないのだろう。どうにか丸く治まったものの、沈門の怒りが消えることはなかった。俺と徐海に回される仕事は、港での荷揚げ作業だの小さな借銭の取り立てだので、このところまるで面白くない。

「いいか、新五郎。俺はな……」

楊酒家の片隅。徐海は甘酢のかかった海老を頬張る俺に、この世のすべての不幸はお前が原因だと言わんばかりの目を向けてきた。

「海賊になって好き放題暴れるために、退屈な寺を飛び出してきたんだ。こんなところで安酒飲

みながら愚痴るために、はるばる海を渡ったんじゃねえ」

「知るか。元はと言えば、お前が考え無しに殺しまくるから、こんなことになったんだろう」

幾度となく繰り返した口論に飽きたのか、徐海は嘆息して酒を呷り、俺は魚肉入りの饅頭に齧りついた。

「まあいい。それはそうと……」と徐海が言いかけたところで、どこかから聞き覚えのある名が聞こえてきた。

話しているのは、別の卓の二人の商人だった。見たところ、一人は日本人で、もう一人は明国人のようだ。何かの間違いかと思って聞き耳を立てたが、確かにその名が出てきた。

「おい」

俺は立ち上がると、日本人商人の胸倉を摑んで訊ねた。

「今、何の話をしていた?」

「え、いや、周防の大内様が、家来に討たれたって……」

去る九月一日、周防の大名・大内義隆が重臣・陶隆房の謀叛に遭い、逃亡先の長門大寧寺で自害したという。

商人の胸倉を摑んだまま、俺は呆然とした。

主家を、帰るべき家を、失ってしまったのだ。

俺は、周防・長門を本拠とする大大名、大内義隆の家臣の家に生まれた。父は冷泉興豊。冷泉家は大内一門の庶流で、家中でもそれなりの地位にある。もっとも、俺は

身分の低い妾の子で、嫡男は十四も歳の離れた兄の隆豊だ。俺が家督を継ぐ見込みは薄く、武士としての教育をひと通り受けはしたが、兄と比べればずいぶんと雑に育てられたように思う。

世はまさに、戦国乱世の真っ只中だった。毎日のように、どこそこで戦があった、誰それが殺されたという話が聞こえてくる。中国西部から北九州にまたがる大勢力である大内家も連年、戦に明け暮れていた。

父は大内家の水軍を統括する立場にあり、俺も物心ついた頃から海と船には親しんできた。鼻持ちならない武家の子弟たちよりも、荒くれだが裏表の無い船乗りたちと交わっている方が、性に合ったのだ。

海の上には道があり、京や奥羽はもとより、琉球、朝鮮、明国、さらに遠くの国々まで、果てしなく続いている。そう教えてくれたのは、父や船乗りたちだった。

大内家と海の繋がりは深い。瀬戸内の半ば以上を制し、大陸からの玄関口に当たる博多も押さえた大内家は、幕府から明国へ送られる遣明船の差配を一手に取り仕切り、交易の利をほぼ独占しているのだ。父も若い頃に幾度か、遣明船に乗って明国へ渡ったことがあるという。

海の道を流れるのは、人や物、銭だけではない。新しい知識や文化、時には言葉さえも、船に乗って様々な場所へ届けられる。仏の教えや文字も、遠い昔に海の道を通って日本へ伝わってきたのだ。

そして目には見えないが、陸と同じように、海の上にもいくつもの国がある。その国を治めているのは、今は倭寇と呼ばれる海賊たちだという。

父や船乗りたちの話を聞いて、俺は童らしく胸を躍らせた。海の道と、そこにあるという国に

思いを馳せ、見知らぬ世界を夢想した。

兄の隆豊は文武両道に通じ、主君・大内義隆の寵も得て将来を嘱望されている。一方、俺は武芸——というよりも喧嘩——の他にさしたる取柄はなく、人付き合いも苦手で、よく朋輩と揉め事を起こしていた。陸の上では、俺はどこへ行っても「素行の悪い、隆豊の異母弟」でしかない。

俺は、何者かになりたかった。海に出れば、その漠然とした望みがかなうかもしれない。水軍の将として海の道を制し、交易で大内家に莫大な富をもたらせば、周囲の目も変わってくるのではないか。そんな夢を抱いてしまったのだ。

思えばそれが、俺が道を踏み外した最初の一歩だった。

今から四年前、俺は病没した父の跡を継いだ兄に頼み込み、九年ぶりに送られる遣明船に意気揚々と乗り込んだ。

明国は異国との交わりを嫌い、海禁政策を敷いている。民間の交易を禁じ、周辺諸国の貢物を受け、それに返礼の品を与えるという形でしか交易を認めないのだ。国ごとに勘合符という割札が与えられ、遣明船を送る回数まで厳しく決められている。

しかし、明国の皇帝は諸国の王に気前の良さを示すため、献上された貢物よりはるかに高額な返礼品を与えてくれる。貢物は主に、銅や銀、硫黄、刀剣に漆器、屏風などなど。それに対する返礼品は、明国で鋳造された永楽銭や生糸、絹織物に水墨画、ありがたい仏典と様々だが、日本に持ち帰れば途方もない利を生むことだけは確かだ。

天文十六（一五四七）年五月、周防を発した四隻の船団は肥前の五島を経て、明国へ向けて出

航した。

当時二十一歳の俺は、初陣をとうにすませ、幾度か手柄も挙げて自信をつけていた。操船術も船戦のやり方も学んだ。海の外には海賊がうようよいるという話だったが、怖いものなど何もない。ついに広い海へ出られるのだという高揚だけを感じていた。

だがその自信は、呆気なく叩き折られる。俺の乗った遣明船の三号船は船団からはぐれ、温州のあたりを彷徨っていたところで倭寇の襲撃を受けた。

「敵襲、海賊だ！」

見張りの声を聞いた時には、すでに手遅れだった。倭寇は無数の小舟でこちらの船に忍び寄り、船縁に鉤縄をかけてよじ登ってくる。鎧を着ける暇も無いまま続々と湧き出る敵と斬り結ぶうち、俺は無数の傷を受け、意識が朦朧としてきた。そして組みついてきた敵兵ともみ合いながら、海へと転落する。

溺死しなかっただけでも信じられないほどの幸運だった。気づけば俺は、見知らぬ浜辺に打ち上げられていた。乗っていた船も、倭寇たちの姿も見えない。

それからの一年を、俺は身一つで、まさに泥水を啜るようにして生き延びた。

船団はどこにいるのかもわからず、合流する術はない。銭は無くとも腹は減る。やむなく街へ出た俺は明国人のふりをして、日雇いの人足仕事で食い繋ぐしかなかった。幸い、船乗りたちから閩南語を学んでいたので、ある程度の意思の疎通はできた。貧窮に喘ぎながら、俺は激しく後悔分不相応な夢を抱かず、堅実に生きるべきだったのだ。した。

とにかく周防に帰れば、まだやり直せるかもしれない。今度こそまっとうな武士として、生ま

れ変わるのだ。その思いが、折れそうになる俺の心を辛うじて支えていた。

しかし、船団の行方は杳として知れず、帰国の方策すら見つからない。絶望の淵に立つ俺を拾

ったのは、沈門だった。ちょっとした喧嘩で屈強な男どもを打ち負かした俺に目をつけ、荒事を

請け負わせようと目論んだのだ。

俺は、沈門が羽振りのいい海商だと知り、思い切って自分が日本人だと打ち明けた。すると奴

は大いに喜び、「自分は近々日本へ行く。お前も船に乗せてやろう」と提案してきた。これぞ天

祐。神仏はまだ、俺を見捨ててはいなかった！

だが、俺は若く、世間というものを知らなかった。大隅の高須に到着した途端、沈門は俺に、

永楽銭で二十貫文という莫大な船賃を要求してきたのだ。

二十貫文といえば、山口でもそこそこの家が建てられる。俺にそんな大金が払えるはずもな

く、俺は沈門の下で奴婢のように働かされる破目になった。

あれから三年。俺はいまだに、高須の街を出ることさえできずにいる。

「おい、どうした？」

突っ立ったまま放心する俺に、徐海が声を掛けてきた。

「……俺は、帰る家を無くしたらしい」

謀叛を起こされた大内義隆が逃げ込んだ長門大寧寺には、俺の兄もいたらしい。兄は家中のほ

とんどが陶隆房に付いたにもかかわらず主君に忠義を尽くし、大寧寺を囲む敵に斬り込んで壮絶

な最期を遂げたという。

陶隆房が大名になるのか、それとも大内の血筋に繋がる誰かを当主に立てるのかはわからない
が、少なくとも俺の知る大内家はもうどこにも存在しない。兄が死んだ以上、冷泉家も滅びたも
同然だ。俺は正真正銘、天涯孤独の身となった。

「ちょうどよかったじゃねえか」

わけを話すと、徐海はあっけらかんと言った。

「何がだ。お前、人の不幸を……」

「もう失う物は何も無えってことだろ。だったら、俺と海に出ようぜ」

徐海は自信に満ちた目で続ける。

「船を仕立てて、仲間を集めて海に乗り出す。商船や街を襲って銭を蓄えたら、さらに仲間を増
やす。そして、いつかは王直の野郎もぶっ潰すんだ」

「お前、正気か?」

「当たり前だ。そのために、俺は寺を出た」

「だが、船を仕立てるって言ったって、そんな銭がどこに……」

「まあ聞けって。いい話があるんだ」

徐海は、童が上手く泥団子を作れた時のような満面の笑みを浮かべ、俺は嫌な予感に身を震わ
せた。

三

「正面に船影。ジャンク船じゃ!」

海鳥の啼き声を吹き飛ばすように、見張りが大声を上げた。

船尾楼に立つ俺は、前方に目を凝らす。

見渡す限りの大海原。その水平線近くに、確かに一艘の船が見える。徐々に船影が近づいてきた。中型のジャンク船。恐らくは商船だろう。船足の遅さを見る限り、かなりの量の荷を積んでいる。

「最初の獲物には、おあつらえ向きじゃねえか」

徐海が俺の隣に来て言った。

「待て待て。まさか、襲うつもりか?」

「当たり前だろうが。上等な獲物が目の前にいるってのに、何で見逃さなきゃならねえんだ?」

「馬鹿か、お前は。俺たちは海賊を狩りに行くんだぞ。俺たちが海賊になってどうする」

「なあに、海は広いんだ、わかりゃしねえよ。それに、手下たちに場数を踏ませておくのは悪いことじゃねえ」

徐海は目を細めてにやりと笑い、「なあ、野郎ども!」と同意を求める。乗員たちは「おお!」と喚声で応え、俺は深く嘆息した。

俺と徐海が乗る二本帆柱の小型ジャンク船は、十日ほど前に高須を出航し、明国浙江省の烈港

を目指していた。

徐海が一年前に言っていた"いい話"とは、烈港にいる徐惟学からの招きだった。

敵対する海賊との戦いに勝利した王直と徐惟学は、今度は明国の官軍と手を組み、浙江周辺の海賊討伐を請け負ったのだ。

「夷を以て夷を制す」の言葉通り、明国の官軍はしばしば、有力な海賊に密貿易の黙認といった利を食らわせ、海賊狩りを行わせていた。そして、徐惟学は戦力の補充のため、甥を呼び寄せたというわけだ。

海に出たくて仕方ない徐海にとっては、まさに渡りに船だった。徐惟学から送られた仕度金は、中古の船を買い、乗員も集め、武器や食料を買い揃えても、十分余りが出るほどの額だったのだ。

俺が誘いに乗ったのは、その余った仕度金で沈門からの借銭を帳消しにしてやると言われたからだ。

帰るべき家を失った上に、借銭まみれ。俺に必要なのは、何を措いても銭だった。海賊に身を落とすのは死んだ父や兄に申し訳ないような気もしたが、沈門の下僕のままでいるよりは、はるかにましだろう。

襲撃を決定して半刻足らずで、俺たちは中型ジャンクに追いついた。真紅の派手な旗を掲げてはいるが、それが誰のものなのか、知る者はいない。

「ぶつけるぞ。野郎ども、抜かるなよ!」

徐海が喚いた直後、船が激しい衝撃に揺れた。

味方が次々と鉤縄を投げ上げ、こちらより高い相手の舷側をよじ登っていく。俺も背負った日本刀を抜き放ち、刃を口に咥えて後に続く。

船縁を乗り越えて甲板に降り立つと、いきなり敵の一人が奇声を上げ、斬りかかってきた。

俺はすんでのところで刀を摑み、相手の刃を受け止めながら、向う脛を蹴りつける。ぐっ、と呻いて前屈みになった相手の鼻面を、刀の柄で一撃。鼻血を撒き散らしたところで、渾身の力を籠めて刀を振る。ぽん、と音がしそうなほど鮮やかに、首が飛んだ。

ようやく周囲を見渡す余裕ができた。闘争の巷と化した甲板上には、すでにいくつもの骸が転がっている。

斬り込んだ味方は、俺と徐海も含め三十人。敵も同じかそれ以上だが、勢いではこちらが勝っている。味方は皆、嬉々とした表情で初仕事に臨んでいた。

俺と徐海が戦闘要員として集めたのは、大半が刀の扱いに慣れた日本人だった。

薩摩の掃部は、世渡りが下手過ぎて主家を追われた元島津家家臣。日向の彦太郎は、戦場での乱暴狼藉が生き甲斐の足軽。種子島の助五郎は、刀で人を斬る快感を覚えてしまった元刀鍛冶だ。他にも元百姓や野盗、野武士と、出自は様々だった。一癖も二癖もあり、揃いも揃って救い難い悪党だが、腕だけは立つ。

この分なら、初陣は大過なく終わりそうだ。そう思った刹那、甲板に味方の悲鳴が響き渡った。

見ると、味方の一人が青龍刀で腹を貫かれ、高々と掲げ上げられていた。青龍刀は、大陸で

使われる馬鹿でかい薙刀のような武器だ。振り回すだけでも、とてつもない膂力が必要になる。

三国志に出てくる関羽のような、長い髯の大男だった。そいつは刃で貫いた味方を軽々と海に投げ捨て、大音声を放つ。

「倭奴め、この　"浙江の美髯獣"　こと、陳東様の船を襲うとは、なかなかいい度胸だ！」

陳東は青龍刀を頭上でぶんぶんと旋回させる。挑発に乗って飛び出した味方が二人。一人は瞬きする間もなく両断され、もう一人は腹に柄の一撃を食らって吹き飛ばされ、そのまま海へと落ちていった。

「どうした、海賊ども。この陳東様に恐れをなしたか！」

何が可笑しいのか、陳東は高笑いを上げながら味方を次々と血祭りに上げていく。その邪気の無い笑顔は、完全に常軌を逸していた。

「おい、とんでもないのがいるぞ」

俺は徐海に近づき、耳打ちした。

「ああ。あの手の馬鹿は、関わるとろくなことがねえ」

二人で顔を見合わせ頷くと、同時に踵を返した。

「野郎ども、引き上げだ！」

叫びながら駆け、船縁をひらりと越えて自船に飛び移る。

「帆を上げろ。総櫓で突っ走れ。このまま一気に烈港まで進むぞ」

俺の下知に応え、水夫たちが慌ただしく動き出した。中型ジャンクが見る見るうちに遠ざかっていく。幸い、追ってくる気はないらしい。

こうして、我ら徐海一味の初陣は完全なる失敗に終わった。

浙江省、烈港。杭州湾に浮かぶ舟山群島の一角に位置するこの港は、密貿易に従事する海商たちの一大交易拠点であり、倭寇の大頭目・王直の本拠地でもある。

港には大小無数の船が出入りし、南蛮船も多い。高い城壁で囲われた街は、高須よりはるかに広く、家屋も優に千軒はありそうだった。通りには、明国はもとより、日本、琉球、シャムやマラッカ、ポルトガル、さらには肌の黒い奴隷たちと、種々雑多な人々が行き交っている。街にいくつか見える一際高い塔のような建物は、キリシタンの寺院だ。表通りまで流れてくる祈りの音曲を聴きながら、俺は徐海に訊ねた。

「お前、右の頬をぶたれたらどうする?」

「殺す」

「だろうな」

俺たち海賊に、神の教えは必要ない。

王直は交易に出かけていて、戻るのは数日後だという。俺たちは久しぶりに羽を伸ばし、遊郭に繰り出して痛飲した。

それから三日後、俺と徐海は王直の広大な屋敷に招かれ、巨大な円卓に並んだ豪勢な酒肴を前に、身を硬くしていた。

「やはり、そなたたちに間違いないようだな」

上座に就いた男が、盃を舐めながら言った。

海上の覇者・王直その人である。ふくよかな頬に切れ長な目、大きな耳と、長く黒々とした顎鬚。ゆったりとした絹の衣に冠。一見温厚そうで風格すら漂うその容貌は、倭寇の頭目というよりも、どこかの国の大臣か、偉大な儒学者と言われた方がしっくりくる。

「困ったのう、徐惟学。官軍との協調を図らねばならんこの時期に、よりにもよって、そなたの甥が海賊行為を働くとは。しかも、相手は我が配下だ」

「まったくもって、お詫びのしようもございませぬ」

王直の隣に座る徐惟学が、痛恨の極みといった声音で言い、深く頭を垂れた。

「しかしな、この者どもが我が配下を襲ったのは二度目だ。さすがに何の咎めも無しというのは、示しがつくまい」

二人のやり取りを聞きながら、俺は顔を引き攣らせていた。何となれば、俺と徐海の正面に座りこちらを睨みつけているのが、あの "浙江の美髯獣" 陳東だからである。

この二人は同郷で歳も近く、友人同士だった。最初は塩の密売を手掛けるが失敗し、海に出て密貿易を開始、次第に頭角を現して一大勢力となり、今では王と宰相のような関係にある。

俺たちに遅れること一日、陳東の船も烈港に入っていた。そして街で偶然、俺たちの船の乗員を見かけた陳東の配下が後をつけ、陳東を襲ったのが徐海であることが発覚。報せはすぐに王直の耳に達し、俺たちは今こうして詰問を受けている。

結局、徐惟学が王直に多額の賠償金を支払い、徐海は烈港から追放、交易も禁止するということで話がついた。さらに、徐惟学の縄張りの中から、実入りのいい港を陳東に引き渡すという。

陳東は俺と徐海の首を要求したが、王直に宥められて引き下がるしかなかった。

とにもかくにも、この状況で命拾いできたのは僥倖だ。俺はほっと胸を撫で下ろした。

「そういうわけだ。お前たちは、明日の朝にでも出航し、日本へ帰れ。そして二度と、海を渡るでないぞ」

苦り切った表情で言う徐惟学を一瞥もせず、徐海は上座の王直を見据えて口を開いた。

「がっかりさせてくれるなよ、王直さんよ」

俺も、徐惟学も陳東もぎょっとした。落ち着きかけていた部屋の空気が、一気に張り詰める。

「お、おい、徐海……」

「うるせえ。何が倭寇の大頭目だ。明国に喧嘩売って海へ出たくせに、今さら海賊狩りで官軍のご機嫌取りかよ。しかも、気に入らねえ相手には海へ出るな、交易も禁ずるだ？ やってることは、明国のくそ役人どもと同じじゃねえか」

王直は鬚を撫でながら、細い目をさらに細める。制止しようとする叔父も無視して、徐海は続けた。

「言っておくが、俺たちは誰の下にもついちゃいねえぞ。あんたにも、無論、官軍にも。海へ出たからには、誰にも縛られねえ。主は自分自身。それが、海賊ってもんだろうが」

殺される。背中に汗が滲むのを感じたが、王直は意外にも頬を緩めた。

「なるほど、なかなか面白い若僧だ。だが、己の力量と唾を吐く相手は、冷静に見極めねばならん。それができん者は皆、早死にすることになる」

口元に微笑こそ湛えているが、その目の奥には獣じみた凶暴な光が灯っていた。この男は、陳東なんかより、これまで出会ったどんな敵よりもずっと恐ろしい。なぜだかわからないが、それ

がはっきりとわかる。

「徐惟学の顔を立てて、ここで殺すことはせぬ。だが、次にわしの目の届くところに現れたら、その時は死を覚悟しておくことだ。わかったら、さっさとここから出ていくがいい。ここは、わしの国だ」

いっそ、ひと思いに殺された方が楽ではないのかと、俺は思った。実物を見たことはないが、山の中でいきなり虎に出くわせば、こんな気分になるのかもしれない。

徐惟学は不肖の甥を睨みつけ、陳東は腕組みして何事か考えに耽っているように見える。俺は徐海を促して立ち上がった。

去り際、徐海は王直に向けて、捨て台詞を叩きつけた。

「ここで俺たちを殺さなかったことを後悔するなよ。いつか、あんたの国を奪いにくるからな」

「面白い。楽しみに待っているぞ」

王直は、心の底から楽しそうな笑みを浮かべた。

　　　　四

一年が過ぎた。

王直の叱責を受けた徐海は、その日の夜に王直の暗殺を企てたものの、それを察した徐惟学の必死の制止を受け、しぶしぶ烈港を離れた。

だが、それで大人しくしているような徐海ではない。王直と徐惟学の目が届かないのをいいこ

とに、大隅へ戻った途端、水を得た魚のように暴れはじめた。

日本や明、琉球、ポルトガルの交易船を手当たり次第に襲い、奪った財物で人と船を集め、さらに大きな獲物を狙う。徐海の名は南九州一帯に鳴り響き、一味は急速に膨れ上がった。今では大小合わせて三十艘、千人を数えるまでになっている。

「よくもまあ、たった一年でここまで大きくなったもんだ」

俺が感慨を漏らすと、徐海は『冗談じゃねえ』と応じた。

「ここからが正念場だ。王直の首を獲らなけりゃ、俺たちの国は造れねえぞ」

国を造る。この一年、徐海はしばしばそう口にしてきた。ちょっと前まで高須の路地で借銭の回収をしていた男の言葉とは思えない。そういえば、徐海からはこのところ、海賊の大将らしい風格のようなものも漂いはじめている。

いつだったか、いつもの楊酒家で徐海が言っていた。

「そもそも海ってのは本来、誰の物でもねえはずだろう。それなのに明国の役人どもは交易を禁じ、従わない奴らを罪人扱いしやがる。商いどころか、海で魚を獲ることまで禁じられて食えなくなった村を、俺はいくつも見てきた」

確かに、明国沿岸の人々の暮らしぶりはひどいものだった。役人や官軍の横暴に苦しみ、さらにはしばしば倭寇に襲われる。倭寇の首と称して何の罪も無い民の首が晒されたという噂も、幾度も耳にしたことがある。

「そんな連中を集めて、俺たちの国を造るんだよ。何ものにも縛られねえ、誰もが好きに行き来できる、海の上の国。面白いと思わねえか？」

そう語る徐海の目は、俺には見えないどこか遠くを見ているように思えた。

天文二十二（一五五三）年、明国では嘉靖三十二年の三月。徐海一味は高須の港に集結し、出航の時を待っていた。

「本当にやる気か？」

「当たり前だ」

味方は近隣の海賊にも呼びかけ、六十艘近い大軍になっている。目的地は烈港。目指すのは、王直の首だ。あの王直と戦うには心もとない戦力だが、徐海の顔つきは自信に満ちている。

俺たちが烈港を追放になった後、徐海が原因で王直と徐惟学の間に生じた亀裂は埋まることなく、ついに二人は袂を分かった。徐惟学は王直の下を離れ、今は広東方面で活動しているという。徐惟学に従って烈港から去った者も多く、その分、王直の兵力は目減りしているというのが、徐海の見立てだ。

今の王直の兵力は、恐らく二百艘足らず。その多くは交易に出ているため、烈港にいるのは半数程度だ。不意を打てば、勝てない戦ではない。徐海はそう力説した。

王直を倒して烈港を奪えば、徐海一味は倭寇の中で最大の勢力を手に入れられる。たとえ王直が逃げ延びたとしても、烈港を失えば、糧道を断たれたも同然だ。勢力は次第に衰え、滅ぼすのも難しくなくなる。

しかし俺の胸中は、不安で一杯だった。王直と戦う。そう考えると、嫌でもあの獣のような目を思い出し、足が竦む。

徐海に引きずられるようにしてここまで来てしまったが、本当にこれでよかったのだろうか。

どうにかして、日本でまっとうな武士に戻る道はなかったのか。高須を出航しても、そんな愚に

もつかない考えが頭を離れない。

俺が密かに抱えた鬱屈をよそに、船団は大海原を突っ切って進んでいた。

烈港にはとてつもない財物がある。そう徐海から聞かされていた水夫や兵たちの士気は高い。

季節外れの大風に翻弄された翌日、彼方に舟山群島東端の馬跡山という小島が見えた。そこを

通り過ぎると、周囲に大小の島々が現れる。このあたりは狭い海峡が多く、潮流も激しい。帆を

下ろし、櫓走に切り替える。

俺は違和感を覚えた。どこかおかしい。去年、この海域を通った時はもっと多くの船が行き交

っていたはずだが、今は漁師舟の一艘も見えない。

「前方に船影、およそ五十！」

見張りの声に、俺と徐海は顔を見合わせた。

「どういうことだ。王直の船団か？」

「遠すぎて旗は見えませんが、こちらへ向かってきています！」

俺たちを迎撃するために船団を出してきたのか。だとしたら、敵は何故、こちらの侵攻を知っ

ていたのか。いや、わからないことを考えても意味はない。俺と徐海は船首楼まで駆け、ポルト

ガル人から奪った遠眼鏡を覗いた。

先頭の大型ジャンク船が掲げる旗には、『浄海王』の文字が大書してある。間違いない、王直

本人の乗る船だ。

「本人がお出ましとは願ってもねえ。野郎ども、船戦の仕度だ！」

俺は首を傾げた。王直がこちらを待ち受けていたとしたら、五十艘というのは少なすぎる。兵力が目減りしたといっても、百艘近くは集められるはずだ。

「ちょっと待て。様子がおかしいぞ」

俺は前方に目を凝らした。向かってくる五十艘は、前を行く二十艘とその後ろに続く三十艘に分かれている。まるで、三十艘が二十艘を追いかけているように。

不意に、「どん」という腹に響く音が聞こえた。前の集団の一艘の帆柱がへし折れ、大きく傾く。

音はなおも続き、海面に次々と水柱が上がる。

仏郎機砲──明国人が仏郎機と呼ぶ南蛮人がもたらした大砲だ。撃っているのは後ろの三十艘で、明らかに前の二十艘を狙っている。

「おい、どうなってんだ。仲間割れか？」

「わからん」

再び遠眼鏡を覗くと、ようやく後方の集団が掲げる旗が見えた。

「まずい。後ろの連中は明の官軍だ」

「何だそりゃ。何だって王直と官軍が……！」

「知るか。俺に訊いたってわかるかよ！」

言い合っているうちに、官軍のさらに向こうから無数の船影が現れた。いずれも官軍の旗を掲げている。合わせて、七十艘近くになるだろう。

俺は、烈港の方角に遠眼鏡を向けた。幾筋もの黒煙が上がっているのが見える。

「そういうことか……」

恐らく、何らかの理由で官軍と王直は決裂したのだ。官軍は王直の討伐を決定し、烈港に攻め寄せたのだろう。王直は何とか二十艘の配下とともに逃れ、官軍はそれを追ってきた。そこへ運悪く、俺たちが鉢合わせになったということだ。

「くそっ、最悪だ!」

俺は頭を抱えた。

いつだってこうだ。大事な時に限って、俺は運に見放される。前世の俺は、よほどの悪事を働いたに違いない。

「おい、どうする?」

徐海に訊ねた。王直の船団は、もう目と鼻の先だ。狭く潮流の激しいこの海域では、転進するのも容易ではない。

「俺たちの狙いは王直の首だ。このまま突っ込め!」

「馬鹿野郎。王直を殺されたとしても、官軍はどうするんだ。奴らからすれば、王直も俺たちも同じ穴の貉だぞ」

「そんなもん、後で考える。とにかく前進だ!」

正面に、王直の旗船が見えた。甲板に立つ王直の顔まで、はっきりと見て取れる距離だ。奴は徐海と俺を見据えながら、笑みを浮かべている。

いきなり、王直の船が向かって右に舵を切った。他の船も見計らっていたかのようにそれに倣い、こちらに船腹を見せながら転進していく。

「こっちも舵を切れ。王直を逃がすな！」

「駄目です。潮の流れが速くて、舵が言うことを聞かねえ！」

舵取りが叫ぶ。前方には、同じく転進に失敗したらしい官軍の船団が迫っている。やられた。このあたりの地形と潮流を知り尽くした王直は、俺たちの姿を見つけた時から、官軍をこちらにぶつけるつもりだったのだ。

視線を転じると、王直の船団は見る見る遠ざかっていく。

「仕方ねえ、まずは目の前の官軍を叩くぞ。王直の首は後のお楽しみだ！」

徐海の下知は滅茶苦茶だが、他に選択の余地はなかった。

再び砲声が響き、すぐ近くで水柱が上がった。船が大きく揺れ、飛沫が降り注ぐ。ずぶ濡れになりながら振り返ると、直撃を受けた味方の船が傾き、兵や水夫が海に投げ出されていた。

「弓衆、火矢の用意。右舷に並べ。他の者は、斬り込みに備えろ！」

俺の下知に応え、兵たちが動き出す。火矢を射掛けて敵船を燃やすか、あるいは船をぶつけて斬り込むか。その二つが、船戦の定石だ。

官軍の船団と、真正面からぶつかった。たちまち乱戦になる。この距離で敵味方が入り乱れては、仏郎機砲も使えない。四方八方から喊声と船のぶつかる音が響き、上空を夥しい数の矢が飛び交う。

右舷の敵船に、火矢を射込んだ。瞬く間に炎が上がり、積んでいた火薬に引火して凄まじい爆発が巻き起こる。爆風を浴びながら、徐海の目は爛々と輝いている。

左舷に敵がぶつかってきた。二十人ほどが斬り込んでくる。俺と徐海は刀を抜き、駆け出し

た。目の前を、白刃が駆け抜ける。俺は刀を振る。肉と骨を断つ手応え。悲鳴と血飛沫が同時に上がる。

胴丸と籠手、脛当てだけの味方に比べ、重武装の敵は動きが遅い。加えて、日本刀の切れ味は敵の武器をはるかに上回っている。斬り込んできた敵を打ち払うのに、たいした時はかからなかった。

あたりを見回した。数艘が敵に囲まれ、炎に包まれている。助ける余裕はない。徐海は躊躇いなく見捨て、前進を命じた。

「散らばるな。一つに固まったまま突っ切るぞ！」

俺は大声で下知したが、周辺の島影から敵の新手が続々と現れてくる。これで敵は、こちらの倍近くになるだろう。

気づけば、味方は囲まれつつあった。包囲の壁は厚く、正面から突き破るのは難しい。敵の旗船を探して沈め、動揺した隙に脱出するしかない。

「見えたぞ、旗船だ！」

叫んだ兵が矢を受け、海へ落ちていった。艮（北東）の方角。一際大きな船が見えた。距離は七町（一町は約一〇九メートル）ほどだが、間に十艘以上いる。振り返り、味方を数えた。すでに半数ほどにまで減っている。残りは沈んだか、逃げ去ったか、燃えているかだ。

「届くと思うか？」

「さあな。届かなけりゃ、くたばるだけだ」

「それもそうだ」

「もしも生き延びたら」と徐海が言う。

「また高須の楊酒家で、一杯やろうぜ」

頷き、俺は刀を握り直した。

「いいか、野郎ども。奴らが海の道を閉ざした張本人だ。ぶっ潰して、道をこじ開けるぞ！」

怒濤のような喊声が上がる。こちらが旗船を狙っていることに気づいた敵が、雨のように矢を射掛けてきた。甲板上の兵が次々と倒れていく。すぐ側を矢が掠め、左の耳が裂けた。熱い血が、頬を伝って流れ落ちた。

船足が落ちていた。漕ぎ手が疲弊している。右手から、味方の船が追い抜いていく。敵の攻撃がその船に集中した。左右からぶつけられ、次々と敵兵に乗り込まれている。

敵の矢が尽きた。船に衝撃が走る。左舷にぶつけられた。さらに右舷から二艘。船足が完全に止まり、敵が斬り込んできた。どうやらここまでらしい。なぜか、笑いが込み上げてくる。徐海も笑っていた。ひとしきり笑うと、俺たちは敵兵に向かって駆けた。

血の臭い。死体から溢れた糞尿の臭い。群がる敵兵を斬りまくり、吐き気を催す悪臭を嗅ぎながら、俺は不思議なことに生の実感というやつを感じていた。目の前に立ちはだかる敵を殺す。頭にあるのはそれだけで、他のことなどどうでもいい。俺はようやく、本当の意味で〝武士〟になれたのかもしれない。

何人斬ったのか、数えるのも面倒になった。徐海は返り血で全身を赤黒く染め、奇声を上げながら刀を振るっている。

その生き生きとした姿を見て、俺は何だか嬉しくなった。どう考えてもまともじゃないが、歴史に名を残すのはきっと、徐海のように頭の箍（たが）が外れた奴だ。もっとも、それも生き残ることができたらの話だが。

最後の敵兵を徐海が飛び蹴りで海に叩き落とした直後、見張りが「おい、あれを見ろ！」と叫んだ。

包囲の輪の外に、どこからか湧いて出た十艘ほどの船が見えた。官軍ではない。返り血で汚れた遠眼鏡を取り出す。先頭の船が掲げるのは忘れもしない、陳東の旗だった。

陳東の船団が、俺たちを囲む敵に背後から突っ込んだ。火矢を浴びせられ、敵の船が次々と燃え上がっていく。いきなり挟撃を受けることになった旗船と周囲の敵船が、激しく動揺している。

「今だ、旗船に向かえ！」

荒い息を吐きながら、俺は下知を飛ばした。漕ぎ手たちが残る力を振り絞り、懸命に櫓を動かす。再び走り出した船は、すぐに旗船にぶつかった。

「続けぇ！」

徐海が軽やかに飛び、旗船に乗り移った。俺と兵たちも後に続く。疲れきっているはずだが、体も刀も異様なほど軽く感じる。一人、二人と斬り伏せると、敵は明らかに怯（ひる）みはじめた。武器を捨てて海に飛び込む者も出はじめている。

甲高い叫び声が響いた。目を向けると、敵の大将らしき男の首を、徐海が飛ばしたところだった。足元に転がってきた首を、俺は落ちていた槍で刺して高く掲げた。

どよめきにも似た声が上がり、敵がはっきりとわかるほど戦意を失っていく。敵が崩れはじめた。向かってくる敵船は一艘もいない。こちらにも、追撃する余裕はなかった。

一艘の船が近づいてきた。ひどく損傷していて、大きく傾き、今にも沈みそうだ。

「おおい、助けてくれぇ！」

帆柱にしがみついて叫ぶのは、陳東だった。

「どうする、新五郎？」

「まあ、あいつのおかげで助かったのは確かだ。それに、今さら襲いかかってくる元気も無いだろう」

「そうだな」

縄を下ろし、陳東たちを引き上げてやった。

「そうか、お前たちだったか」

意外そうに言って、陳東は声を上げて笑う。ここに現れる前にも官軍と戦っていたのか、他の兵や水夫も傷だらけだ。

聞けば、官軍の大船団が突如として烈港に攻め寄せてきたのは昨日、三月十一日早朝のことだった。

王直をはじめとする烈港の海賊たちは果敢に迎え撃ったものの衆寡敵せず敗北、港の入口を封鎖され、脱出もかなわなくなった。だがそこで、王直に運が向く。その夜に天候が急変し、激しい風と波に官軍が上陸を見合わせたのだ。

王直はこの隙に態勢を立て直し、今朝になって陳東を先鋒として反撃に打って出た。だが、陳東が敵中に突っ込んで乱戦に持ち込んだところで、王直は直属の船団とともに戦うことなく逃亡したという。

「それから、何とか官軍の囲みを破って王直殿の後を追っていたところで、この戦場に行き当たったのだ」

「つまりは、王直に捨て石にされたってわけか」

「そういうことだ」

甲板に座り込んで寂しげな笑みを浮かべる陳東は、まるで飼い主を見失った子犬のようだ。

「それで、あんたはこれからどうする気だ。王直のもとに帰りたいなら、近くの島で下ろしてやるぞ」

「徐海と言ったな。お前は、俺を殺さんのか?」

「あんたには借りがあるからな。それに、戦う気も無い相手を殺すような奴が、国なんて造れねえよ」

困惑したように徐海を見上げ、陳東はふっと息を吐き、「王直は、我が主にあらず」と漏らした。

「一年前、お前が言った言葉が頭に残り続けている。誰にも縛られない。主は自分自身。それが海賊だ、という言葉が」

「言ったかな、そんなこと」

「俺は、一からやり直す。仲間と船を集め、名を上げ、いつか王直を倒す。どうだ、手を組まぬ

「やめとく。俺はもう、あいつの首に興味はねえ」

徐海はあっさりと言い放ち、陳東は「そうか」と口元を緩めた。

二人の話を聞いているうち、俺は王直に恐れ慄いていた自分が馬鹿らしくなった。俺が王として仰ぐなら、手下を捨て石にして自分だけ逃げるような奴よりも、徐海の方がずっとましだ。

「俺たちの国を造ったら」

陳東と手下たちを手近な島で下ろすと、俺は徐海に言った。

「王はお前として、俺は何になるんだ?」

「さあな。大臣か、それとも大将軍ってとこじゃねえか?」

その答えに、俺は声を上げて笑う。

日本ではまともな武士にすらなれなかった俺が、大将軍か。悪くない。思いきって海に飛び出した甲斐があるというものだ。

「さて、これからどうする?」

俺は訊ねた。

「手下どももずいぶん死んじまったからな。一旦、高須に戻るとするか」

「その前に、そこらの港でも襲ってひと暴れしようぜ」

「そりゃいいな」

「それが終わったら、楊酒家で一杯やろう」

俺は踵を返し、出航を命じた。

五

烈港での戦いからほんの数ヵ月で、海の上の情勢は大きく様変わりした。

烈港を追われた王直は、かねてから日本における拠点としていた平戸に本拠を移している。

王直という箍が外れた明国の倭寇たちは無数の集団に分裂し、浙江や福建、広東沿岸で襲撃を繰り返している。後の世に言う、"嘉靖の大倭寇"のはじまりである。

もっとも、王直はその力がすっかり失なわれたわけではなく、肥前の松浦党をはじめとする近隣の勢力を糾合し、挽回を図っている。陳東は浙江周辺で暴れ回って名を上げ、広東に移った徐惟学も侮り難い。ここに明国の官軍やマラッカを拠点とするポルトガルの勢力も加わり、今や明国周辺の海域は、日本と同じく群雄割拠の戦国乱世となりつつあった。その一方で密貿易はますます盛んになり、諸国を結ぶ海の道は空前の活況を呈している。

官軍を叩いたことで俺たち徐海一味の名は大いに上がったが、あの戦が明国の史書に残ることはないだろう。記されるのはせいぜい、「官軍は烈港を攻め落とし、王直は尻尾を巻いて逃げていった」というところか。まあ、どうでもいいことだが。

あれから、俺たちは浙江沿岸の街や商船を襲いながら高須へ帰還し、今はシャムやルソンといった南海の島々との交易に力を入れていた。陸の上と同じく、戦に必要なのは何といっても銭だ。

年が明け、春が過ぎ去ると、俺たちは再び大陸へ向かい、沿岸の港を襲った。

俺たちが狙うのはあくまで、富裕な商家や役所の倉だ。明国沿岸の街や村には、明国の政に恨みを持つ民が多くいる。そうした連中や、時には仕事に嫌気が差した官軍の兵士までも取り込み、一味はさらに大きく膨れ上がっていた。

俺は船上から、自分たちが襲った港を眺めていた。甲板では、手下たちが奪った財物を積み上げ、宴に興じている。

街の方々からは、幾筋もの黒煙が上がっていた。混乱に乗じた民衆が暴動を起こし、あちこちに火をつけて回っているのだ。

「なあ、新五郎」

隣に立つ徐海が言った。手には大振りな徳利を提げている。

「お前、後悔してないか?」

「何だ、お前らしくもない」

言いながら、俺は眼下の海に視線を向けた。

港の襲撃に先立って沈めた官軍の軍船の残骸と、無数の敵兵の骸が漂っていた。その周りに見え隠れしているのは、思いがけないご馳走に集まってきた鮫たちの背びれだ。

どう足掻いたところで、俺も徐海も、きっとろくな死に方はしないだろう。その後はああやって海に棄てられて、鮫の餌になるだけだ。それならいっそ、思いのままに暴れ回り、どこまで行けるか試してみるのも一興か。

幸か不幸か、日本も明も、どこへ行っても戦だらけだ。いや、どんな世だろうが、人は悪行を

積み上げなければ生きてはいけない。善悪も後悔も、あり得たかもしれない別の人生も、すべてはただの足枷だ。

俺は徐海の酒を奪って一口呷り、高須の遊女から聞きかじった小歌を口ずさんだ。

「何しようぞ、くすんで、一期は夢よ、ただ狂え」

意味はわからずとも、響きが面白いのだろう。徐海が笑いながら「何だそりゃ」と首を傾げる。

「この馬鹿でかい明国に喧嘩を売って、もっと馬鹿でかい海を行き来して、自分たちの国を築く。まあ、悪くない夢だ。狭い日本で地面にしがみついて生きるより、よっぽど面白い」

答えると、徐海は満足そうに、「お前もやっと、海賊らしくなったじゃねえか」とげらげら笑う。

その声は、強さを増した海風に掻き消された。

解説・ブックガイド③

【海賊】

◉ 解説

　島国の日本は、古代から船による物資輸送が盛んで、大陸とも交流を持っていた。その

ため「海賊」と呼ばれる操船のエキスパートが生まれた。

　時代劇などの影響もあって、海賊と聞けば、小型の船で狙った船に接舷して乗り込み、

積荷を奪う半裸の荒くれ男の集団を思い浮かべるかもしれない。

　ただ、小川雄「戦国時代の水軍と海賊」（渡邊大門編『真実の戦国時代』所収）によると、戦国

時代の海賊は、「海路の支配、廻船の運用、漁業の経営、海上の軍役」など、様々な役割

を担っていた。中でも金銭で海上の安全を保障する「警固」が、時に「暴力的・強制的に

執行され」たため、古来から「海賊」と呼ばれる主因になったという。海賊は自主独立の

精神が強く、瀬戸内海の「野島村上氏や来島村上氏は、確かに状況に応じて帰属先を変

更」したが、これは大名と国衆の関係と同じなので、「海賊の特殊性として捉えるのは不

適切」としている。

　戦国時代の海賊は西と東で様相が違っていたようで、西国は「直属の水軍」「従属勢力

の水軍」によって構成されていたが、北条や武田など東国の水軍は、回船業、漁業、捕鯨が盛んで海事技術に優れた伊勢・紀伊方面の海賊を招聘し、「直属の水軍」より重用したため、「主家から与えられた権限によって海上活動を維持・展開」したようだ。

海と戦国で忘れてならないのは、当時のヨーロッパは大航海時代であり、とくに海洋大国にしてカトリック国だったスペインとポルトガルは、宗教改革によって誕生したプロテスタントに対抗するため、非キリスト教圏へのカトリックの布教にも力を入れていた、という世界史の視座である。こうした流れが、ポルトガル人による種子島（たねがしま）への鉄砲伝来、プロテスタントの防波堤になるべく設立されたイエズス会士フランシスコ・ザビエルのキリスト教布教に繋がっているのである。

平川新『戦国日本と大航海時代　秀吉・家康・政宗の外交戦略』には、秀吉がスペインとポルトガルによる「キリスト教布教と一体化した世界征服事業」を知って激怒し、「バテレン追放令」を出しただけでなく、「ポルトガルとスペインに明国を支配」されるくらいなら、「自分が先に征服する」という強い意志で朝鮮出兵を始めた、との説が出ている。

いまなお倭寇は、日本人の海賊が大陸沿岸部を荒らした、と語られがちだ。だが、田中健夫『倭寇　海の歴史』は、「一四〜一五世紀の倭寇」と「一六世紀の倭寇」は別ものとしている。「一四〜一五世紀の倭寇」には、南北朝の争乱で困窮した「北九州地方の御家人や農民」が多かったが、蒙古の（もうこの）

中国大陸・朝鮮半島との関係では、倭寇（わこう）も重要である。襲来で田畑が荒れ、国内の政治が弱まった高麗（こうらい）の人たちもいたという。「一六世紀の倭寇」には、

「寇」は中国人が主体で、日本人は配下の「一割か二割」だったようだ。そして中国人が海賊行為に走った理由は、「国内における生産の増大と海禁政策のゆきづまりにあった」としている。

明の官軍は倭寇を取り締まっているが、山﨑岳訳「張鑑『文徴明畫平倭圖記』の基礎的考証および訳注」（東京大学史料編纂所研究紀要　第二十三号）は、「航行中の船を襲って積み荷を奪う」といった典型的な海賊行為」は倭寇の「本領」ではなく、明朝中央で大問題になったのは、倭寇が「肥沃な農業地帯であり、先進的な手工業生産地であり、また騒人墨客の集う文芸の中心地でもあった江南地方」を占拠したため、と分析していた。

天野純希は、傭兵集団雑賀衆の鈴木孫一「重秀」の娘・鶴が、三本マストの小型西洋帆船に乗り込み、日本を代表する海賊と手を組んで、九州占領を目論む明の海賊・林鳳と戦う『雑賀のいくさ姫』をすでに上梓している。本作も海洋小説だが、倭寇の側から歴史をとらえている。

本作は、大大名・大内義隆の重臣を父に持つが、妾腹のため、幼い頃から船と海に親しみ、荒くれ男とばかり交流してきた新五郎を主人公としている。

父の死後に家督を継いだ兄に頼み込み遣明船に乗り込んだ新五郎は、倭寇の襲撃を受け海に投げ出されてしまい、紆余曲折を経て沈門という男の下で奴婢のように働かされることになった。その後、王直と並ぶ倭寇の大物・徐惟学（通称・徐銓）が親族だという徐海に海賊にならないかと誘われた新五郎は、失うものは何もない気楽さもあって、徐惟学から

送られた金で徐海が購入したジャンク船で海に出る。

新五郎が、いつかは王直を倒すと嘯く徐海や刀での戦闘に慣れた日本人たちと派手な海賊行為を繰り広げる展開は、伝奇小説色が濃い『雑賀のいくさ姫』と同様、フィクションのようだが、元僧侶の海賊・徐海も、その麾下に新五郎（辛五郎とする史料もある）という日本人がいたことも、さらには王直や徐惟学に至るまで、全て実在の人物なのだ。

作中には、王直が官軍の依頼で倭寇の取り締まりをしているのに、徐海一派が王直の船に海賊行為を仕掛け、王直が激怒する場面がある。実は、これも史実を換骨奪胎したエピソードなのだ。史実の隙間に虚構を織り込む手法が、物語に厚みを与えているのは間違いあるまい。

王直の怒りを買い逼塞を強いられた徐海と新五郎が、何者にも縛られない「海の上の国」を作るために王直に戦いを挑む展開は、何よりも自由を大切にし、抑圧をはねけるためにあがく若者を描いているところを含めて、青春小説としても秀逸だ。

いつ強大な敵に押しつぶされるか分からないという不安を抱えながら、死ぬまでは大きな夢に向かって進みたいと考え、一瞬一瞬を真剣に生きようとする徐海と新五郎を主人公にした本作は、『俺たちに明日はない』のボニー＆クライド、『明日に向って撃て！』のブッチ・キャシディ＆ザ・サンダンス・キッドなど、史実をベースにしたアメリカン・ニューシネマを思わせるテイストもある。

ブックガイド

海洋国家として発展したイギリスには、セシル・スコット・フォレスター『ホーンブロワー』シリーズ、ピーター・ウィアー監督の映画『マスター・アンド・コマンダー』の原作になったパトリック・オブライアン『オーブリー＆マチュリン』など、海洋冒険小説の名作がひしめいている。翻って日本では、島国のわりに、なぜか海洋冒険小説は少ない印象を受ける。ただし歴史小説だけは例外で、海洋冒険小説の名作が少なくないのだ。

海賊の笛太郎と雷三郎が、運命の変転で瀬戸内海を支配する村上海賊の能島小金吾に預けられ、織田信長の水軍と戦う白石一郎『海狼伝』では、押し太鼓が打ち鳴らされるなか、隊列を組んだ弓船、鉄砲船が射撃を行い、その後、敵船に乗り込んで白兵戦を行う当時の海戦が迫力いっぱいに描かれている。村上海賊の最盛期を象徴する石山本願寺の門徒を救うため、寡兵田信長の大軍に包囲され、味方にも離反されつつある石山本願寺の門徒を救うため、寡兵の水軍で戦いを挑む和田竜『村上海賊の娘』は、『海狼伝』と同じ第一次木津川合戦をクライマックスにしているので、二冊を読み比べてみるのも一興だ。

隆慶一郎『見知らぬ海へ』は、武田水軍の将だったが、主家の滅亡後は宿敵だった徳川家康の船奉行となった向井正綱と、その子・忠勝の父子二代にわたる物語だが、隆の死で、正綱がウィリアム・アダムスと出会った場面で中絶したのが残念でならない。そのアダムスをモデルにしてイギリス人を主人公にしたジェームズ・クラベル『将軍　ＳＨＯＧ

UN」は、歴史が改変されていたり、登場人物が架空の名前（例えば、徳川家康は吉井虎長）に置き換えられたりしているが、外国人が日本の戦国時代をどのように見ていたのかをうかがえる貴重な作品といえる。本書でも執筆している武川佑『落梅の賦』は、武田信玄の異母弟で武田水軍を率いた信友を主人公の一人にすることで、武田水軍と北条水軍の海戦を描いていた。

伊東潤『幻海 The Legend of Ocean』は、豊臣秀吉による北条征伐の時、豊臣水軍にイエズス会士シサットがいたとのフィクションを織り込んでいる。

陳舜臣『戦国海商伝』は、毛利元就の子だが庶子のため海商に預けられ明で成長した佐太郎を通して、明との貿易で富国をはかる毛利家、大内家、倭寇の首領・王直、莫大な財力を使って明朝打倒を計画する曾伯年、さらに琉球やポルトガルなどが微妙な緊張関係にあった戦国初期の東アジアの政治・経済の動向を丹念に追った、スケールの大きな物語だ。ゴアでキリスト教の洗礼を受けた安次郎、明の海賊・王直らが、ポルトガルによる石見銀山の占領計画を阻止しようとする山本兼一『銀の島』、島津家の重臣・大野久高、朝鮮では最下層の身分だった明鐘、琉球の密偵・真市の三人を主人公に、豊臣秀吉の九州征伐から、文禄・慶長の役（朝鮮出兵）を経て、島津の琉球侵攻に至る歴史をダイナミックな物語を紡いでいく一『天地に燦たり』は、戦国時代の国際情勢をベースにダイナミックな物語を紡いでいた。

日本人が、太閤・豊臣秀吉の命によって東南アジアで密かに建造されたガレオン船・黒鉄丸に乗り込む岩井三四二『太閤の巨いなる遺命』は、緯度と経度を計算する外洋の航海

術、旧式のカレブリナ砲と新式のカノン砲の差、大砲を撃つ手順、ぶどう弾と鎖弾の効果の違いなどが徹底した時代考証で描かれており、西洋帆船の戦いを描いた映画『マスター・アンド・コマンダー』のような興奮が味わえる。

戦国大名と家臣

4限目

鈴籾(すずもみ)の子ら　武川　佑

序

「こりゃなんら」

真新しく木目が光る枡を、色部長実と本庄繁長が覗きこんだ。

籾殻がついたままの米が、半分ほど入っている。すこし赤みがかって、よく肥った米だ。

色部長実が拍子抜けしたようにこちらを見た。故郷揚北の言葉が口をつく。

「糠米じゃねえか」

新発田重家は頷いた。長実につられて揚北言葉になった。

「こんたて、うちの兄の葬式で、遺品からめっけたがな。鈴籾ら」

鈴籾とは、稲の種籾のことである。これを鈴俵という小さな俵に詰めて、百姓の家では天井裏に置いて冬を越す。春がちかづけば鈴撒きといって、種籾を撒く。春先の洪水で水に浸からぬように守るのだ。

種籾からでた若緑の苗は、揚北の平野をわたる風にそよぎ、一面の青い海となす。

長実と繁長は顔を見あわせ上座の仏壇へ視線を送った。新発田城によく寄合のように集まる慣習は、兄が死したあともつづいている。今日も三人で車座になって酒をくみかわしていたところ、重家が枡を持ち出したのだ。

「長敦どのの遺品？」

重家の兄、新発田長敦は、揚北衆のなかで顔役だった。かつて揚北衆が御実城・長尾景虎（上杉謙信）に抗したときも、いきり立つ衆をまとめ、長尾家に帰順させた。長尾の居城である春日山城では、武田や織田といった強国相手に取次を務め、決して田舎じみた揚北言葉を喋らなかったのを、重家は覚えている。

本庄繁長が盃の清酒を舐め、珍しく感傷的な声を出した。

「長敦は、てぇしたできぶつだった。ほんね、どうだったんら」

兄は昨年、上杉家の跡継ぎを争う御館の乱が収束した天正八年（一五八〇）、病で死んだことになっている。しかし、御館の乱で揚北衆の恩賞がほとんどなかったことに抗議して自刃して果てた安田顕元とおなじく、恩賞が得られなかった絶望と抗議の意味で自害したというのが、家臣たちのもっぱらの噂だった。

繁長が凄む。繁長は、永禄十一年（一五六八）に武田と結んで長尾に反旗を翻し、鎮圧された過去がある。独立心の強さが揚北衆の証でもある。

「まっこと長敦が腹切ったんあんけぇ、本庄も新発田に与力するろ。わしは謀反にゃ慣れとるすけ」

ここにいる三人とも、御館の乱で得られたのは自らの城の安堵だけで、代わりに長尾上杉家にちかい上田衆ばかりが領地を得た。命を懸けて戦っても得るものがないなら、上杉という御輿を

担ぐ理由はもはやない。

「兄は……」

兄・長敦は切腹したところではない。殺されたのだ。

一里離れた五十公野城から駆けつけた重家が目にしたのは、血だまりのなかに斃れ伏す兄と、討ち果たされた忍びの骸だった。

「兄ッ」

義理の弟の道如斎が、かたわらで返り血を浴び座りこんでいる。虚ろな声が漏れた。

「春日山からの忍びに相異なからん。死の際兄さまは、立つなら新発田のみにしろと。揚北衆を巻きこんではならぬと申されました」

いつでも揚北のことを第一に考える人だった。重家は思わず忍びの骸を蹴りつけた。

「必ず景勝ば討ち果たしてくれる」

兄が遺した走り書きには、鈴粒を守れ、と書いてあった。きっと上杉から上等の鈴粒を奪ったゆえに、報復として殺されたのだ。兄は稲作に適した上中越の種粒の分配と低地の干拓を春日山に請うたが、それすらも容れられたことはなかった。百姓を守るのが武家の定めと重家に説いた兄が、鈴粒をひそかに手に入れようとしても驚きはない。枡の中の小さいけれど肥えた一粒ずつに、兄の命とおなじ重さがある。重家はそう考えた。

事実を知れば、色部も本庄も怒り狂って挙兵するだろう。揚北衆すべてを巻きこむ大乱を、兄は望んでいないはずだ。だから本当のことは話さない。

色部と本庄がこちらにつけば、どんなに心強いだろうと本心では思う。

重家は薄暗い部屋で盃に目を落とした。

「兄は……むかしから労咳を患っていたらすけ……」

信じがたいというように、繁長が眉を釣りあげた。仮名で重家を呼ぶ。

「てんぽこくな、源太」

「てんぽじゃねえこて」

睨みあう二人を、長実が慌てて止めた。

「やっと御家中の争いがきわずいたてば、なんぞおっぱじめなよ」

重家は黙って二人を見比べた。

「景勝が憎いのはオレだすけ、立つのはオレだけでよかろ」二人の手を取り、枡の中の種籾を分け与えた。「兄がめっけた種籾らすけ、きっと丈夫な稲じゃ」

自分が死したあとを託せるのはこの二人しかいない。

死ぬのか。死してもそれでも、抗さぬわけにはいかないと思う。

それが揚北の男だからだ。

「長敦が……」

色部長実は茶杓筒に入れ、本庄繁長は懐紙に乱雑に入れて丸めた。繁長の指は二本、先が欠けている。一本は長尾景虎に抗したときに、一本は御館の乱で欠けた。

重家の視線に気づいて、繁長は恥ずかしそうに指を引っこめ、ぼそりと言った。

「この、いちがいこき」

いちがいこきとは、意地っ張りとかきかん坊という意味である。

色部長実も頷く。

「んだ」

諦めたような二人の悪口が、優しく聞こえた。

怖れが、重家の胸からかき消えてゆく。

「死に気ねなって、やるしかねぇこて」

一

天正九年、六月。

兄の一周忌のため春日山を辞去した重家は、信濃川を越えると、新発田にまっすぐ向かわず、二王子岳への山道を登っていった。

息子の治時の声が弾んでいる。

「父上と二王子さまに登るのは、いつぶりにございましょう」

「初陣の前じゃからな、気張れよ」

かつて父や兄と何度も登った山道の途中で振り返れば、加治川の流れに点々と船が浮かんでいる。平野は青々として、その向こうに広大な干潟があり、浮島のように高台に立つ新発田城が見えた。干潟の果てに細長い砂洲があり、外海の出口にふたつ並ぶのが沼垂と新潟津の砦だ。霞んで見えないが、佐渡島が見える日もある。

北に目を転じれば、加治川の先に本庄や色部の郷が見えた。

この山からは揚北の地が一望できる。

越後を流れる阿賀野川から北を、阿賀北または揚北と言って、古くから荘園ごとに武士の「党」が割拠する土地であった。色部、本庄、鮎川、中条、黒川、竹俣、五十公野、そして新発田といった党が乱立し、時に和し時に諍い、守護上杉氏や守護代の長尾氏と争ってきた。

山頂の鳥居の前で髻を切り、紙に包んで小さな社に納める。

重家と治時は柏手をうち、山の神々に祈った。

「二王の神さん、オレに力をば貸してくださいませ」

五十公野家に養子に入って治長と名乗っていたころの重家も、長尾家に仕えた。小田原攻めや武田との川中島合戦、手取川合戦など名だたる合戦を戦った。御実城と恐れられた謙信が死んでからも、御館の乱で景勝側について北条三郎景虎の軍勢と戦ったけれども、気づいてみればこの二王子岳から見える範囲の領地が増えたことはなかった。それどころか、同族の加地春綱などは沼垂や蒲原の所領を召しあげられた。

先祖伝来の土地を、侵されてなるものか。

「鐘よ鳴れ」

二王子の山神が願いを聞き入れると、鐘の音がするという。しばらく待った。

耳をすませていた治時が、声をあげる。

「あっ」

山奥から、鐘の音のような、高い清らかな音がする。

幾重にもかさなるその音に耳を傾け、重家は体をひと振るいして、ふたたび山をくだる道を歩

いていった。

新発田に入って一月後。ついに重家は表だって反旗を翻した。

引き潮のときを見計らい、干潟を重家は疾駆した。南の山々に入道雲が湧いて、ざっと一雨きた。泥が跳ね、稲妻に遠い海岸線が浮かびあがる。

加治川、阿賀野川、そして信濃川は河口付近で巨大な干潟へと注ぎこみ、春の雪解け水で氾濫をくり返して、季節ごとに流れを変える。

「行ごっ」

顔をあげれば砂洲の上の新潟津が見える。三本の川をたばねる湊で、ここを陥とせば越後の中部、北部の水運を押さえることができる。

「ヤーヤー、ヤトー」

揚北の駿馬にまたがった騎兵が、津波のように押してゆく。

一刻もせずに、新潟津は新発田の手に落ちた。

通り雨が過ぎ、夏場にしては涼しい風が頬を撫でていく。潮が満ちていく干潟の南に、景勝方の蓼沼氏、山吉氏が入る木場城が見えた。

「さあ来い、景勝。新発田に入ったなら、一揉みしてやるぞ」

新潟津を陥として新発田城に戻ると、迎え盆の花市が城下町では開かれていた。

重家を見て、庄屋の喜兵衛が手をあげた。

「殿、首尾よくおめでとうござりまする」

「今年はまた一段と盛っておるな」

喜兵衛は企み顔になって、唇を持ちあげた。

「来年は市が開けないかもと噂して。今年は派手にやっちまおうということですな」

盆の花市は、夏のあいだの百姓の臨時収入になるし、なによりみなが楽しみにしている。重家は喜兵衛の肩を叩いた。

「勘弁な」

なんの、と喜兵衛は肩を竦めた。

人々は晴れの日に浮かれた顔をしてあちこちの屋台をのぞき、百姓が農作業のあいだに丹精こめて作った花を買っていく。白や紅色の菊花が揺れ、あたりには甘い匂いが満ちる。

「オレも兄が盆で戻ってくるすけ。花を買うてまいろうか」

そう言うと、ぱっと喜兵衛の顔が輝いた。

「そっしゃら、ノイの店がよいかと。ノイは御幣指言うて、御幣でさーっと撫でたように花がぱーっぱ咲くんですわ」そうして声を潜めた。「あの鈴籾も、ノイに育てさせておりまする」

重家は、兄の遺した鈴籾の一部を、喜兵衛に託して植えさせていた。

「まことか」

「いまのところぐんぐん伸びて、ほかの苗より拳ひとつ大きゅうございます。あの鈴籾は二王子の神さんの加護がございますな」

そう言われるとノイという者が気になってきた。茣蓙や提灯がならぶ通りを喜兵衛に案内されて歩む。人々がつぎつぎと「殿」と声をかけてきた。

「殿、おらずれ焼き働きはもう御免ら」

「春日山にゃ心気があけて我慢ができねぇおや」

重家はそのたびに一人ひとりと目をあわせ、頷いた。

「みなにも扶持米をたんと配るゆえ、待っておれ」

人混みの向こうにひときわ大きな花輪が飾ってある。あれがノイの店か、と人を手刀でかきわ

けていくと、年若い娘が茣蓙に座っていた。

喜兵衛の声は朗らかだ。

「これがノイでごぜえます」

重家の諸籠手の戦 装束に驚いたように、ノイは首を竦めた。

手拭をほっかむりにし、顔は陽に焼けて、黒々と大きな目がこちらをまっすぐに見る。彼女の

後ろには片足がない痩せた男が座っていた。ノイの夫だろう。

重家の視線に気づいて、ノイがようやく口を開いた。

「去年の戦さだわの」

御館の乱か。重家は一瞬言葉に詰まった。

「オレのために、かたじけない」

夫は嬉しそうに歯を見せたが、ノイのほうは不満げに呟いた。

「負けるざまして、強い者ねかかっていぐあんがね」

夫が袖を引く。

「こらノイ!」

どうせ負けるのに強い者にかかっては、駄目ではないか――。カッと怒りがこみあげたが、な

んとかこらえようと、重家は桶や鉢へ目を移した。

「……綺麗なもんじゃな」

見たこともないようなまだらの朝顔や、赤い可憐な仙翁の花が咲き乱れていた。春日山の御実

城の床の間に飾られていた花ですら、ささやかに感じるほどだった。

重家は鶴が翼を広げたような白い仙翁の花束を見つけた。兄が好きで、兄嫁がいつも床の間に

飾っていたのを思いだす。

「一束もらおうか」

ノイは花を渡すとき、不審そうに尋ねてきた。

「あの鈴籾は、どごから。芯があんげえ細っこい稲見たことげねえ」

ノイの黒い瞳が探るようにこちらを見てくる。夫や周囲の者に頭を押され、ノイは不承不承

別れの言葉を口にした。

「せぇんなら」

重家はノイの言葉が気にかかった。

鈴籾の株が細いとは奇妙ではないか。兄が悪い種籾を大事に秘しておくはずがない。かならず

理由があるはずだ。

城へ戻る道すがら、仙翁の白い花は宵闇に浮かびあがって、鶴が舞うようであった。

その晩、重家のもとを会津蘆名家の重臣・金上盛備が秘かに訪れていた。

外で降りしきる秋の長雨に、盛備の驚きの声がまじる。

「なんだと。蘆名の援助を断るというのか」

上杉家中の剛の者と知られた新発田重家が謀反を起こすと聞いて、隣国の伊達や蘆名からの使者は、去年から秘かに新発田を訪れていた。いずれも兵糧や兵の援助を申し出るものだった。

帰参を命じる上杉景勝からの書状を破りながら、重家は言った。

「後詰を受けたら、上杉から、伊達や蘆名の家臣に変わるだけですからの」

単独で生き延びられるほど、乱世は甘くないぞ、と盛備は言いたげに見えた。

「なれば因幡守どのは、誰が為に戦う。まさか義の為などと申すまいな」

ただ怒りのためだ、と思う。怒りが腹に詰まって苦しいのだ。

「亡き御実城さまは義の一字を大事になされていたが、オレは義じゃ腹は膨れませぬ」

時代は着実に移ろいゆく。

いま織田、徳川は武田を食らおうと出陣の準備をしていると聞く。武田が倒れれば上杉はもちろん、つぎは北条、そして奥州も無関係ではいられまい。

ここは蘆名を立ててやるか、と重家は思った。

「上杉が内訌にて揉めては、そちらの御家に迷惑がかかりまする。景勝めに、今年は新発田に兵は差し向けぬとの誓詞を書かせるがよかろう。そうでなくとも景勝めは越中の神保・佐々対応に忙しい。蘆名にとっても新発田を生かすことは、上杉からの防波堤を築くに等しいはず」

盛備はため息をついた。感嘆の裏にある軽視がすけて見えた。

「貴殿をただの揚北武者と侮っていたようだ」

そうだ。誰もが揚北武者は猪武者と馬鹿にして、戦さの最前に投じてきた。我らが交渉すべきは、織田だ。すでに奪った新潟津には、織田方の越中神保氏からの兵糧や馬が届いている。大身の家の手の内で踊っているようにみせて、その実大身を操っているのは、オレたち国衆なのだぞ、と重家は薄い笑みを投げかけた。

盛備は去り際、こう呟いた。

「来春、我らが越後の主として交渉するのは、貴殿になっているやもな」

「御冗談を」

「しかし内訌をどこで収めるか。なにをもって手打ちとするかは、考えられたほうがよいぞ」

手打ち。それは重家の耳に新鮮さをもって響いた。上杉と新発田、どちらかが斃れるまでだと思っていたが、諸国はそう見ないらしい。

重家は腹に詰まった怒りの遣りどころを考える。

外ではまだ、雨が降りしきっている。

天正九年の秋はそうして過ぎ、景勝は新発田に侵攻してこなかった。新発田領は反逆したまま、上杉領国で独立を保ったのである。

金色の頭を垂れる稲穂の海を渡っていくと、一角が枯れた田があり、前の畦道にノイと夫、そして喜兵衛が平伏していた。

あの鈴枢は枯れた、と聞いた。

喜兵衛の声ははっきりと震えていた。

「夏の終わりに冷えたのがまずうございまして、その後の長雨で稲が腐ってしまいました」

重家が黙って刀の柄に手をかけると、ノイが顔をあげた。

「もっぺん、やらせてくださりませ。寒さに弱いとわかったすけ、つぎは必ず」

決然とあげた眉の下で、黒々と瞳が輝く。この女も戦っているのだ、とわかった。

重家は刀の柄から手を離した。

「……よかろう」

翌、天正十年。作付けは順調に進み、ふたたび稲穂が垂れるころ、不意打ちのように南から上杉の兵がやってきた。

風向きが変わって、本丸の館の中まで煙の臭いが届いてくる。家臣が飛びこんできた。

「赤橋館のあたりに火をつけられました。五十公野、池ノ端へも敵が回っております」

本丸の高櫓に登って見渡せば、赤黒い炎が地を舐め、黒煙が風下へ流れていく。五十公野は喜兵衛とノイの田畑のあるほうだ。

「兵、出れっ」

手元の鈴籾はほとんど残っていない。今年の収穫でいいものを選りすぐって来年の鈴籾とするつもりだった。焼かれては、すべてが水泡に帰す。

一隊を率いて重家が本丸から討って出ると、人々の悲鳴が聞こえてきた。敵の足軽が逃げ惑う百姓を追い回し、突き殺していく。米俵を押し車に満載して畦道をゆく上杉兵を、重家は怒りに任せて鑓で突いた。

五十公野の郷の入口で、庄屋の家が燃えている。畦道から郷へつづく道に、男が倒れていた。

馬を走り寄せると、ノイの夫だった。すでにこと切れて、喉が割け赤い肉が見えていた。

「喜兵衛、ノイ！」

喜兵衛の一家とノイが走って逃れてきた。背負い籠にまだ脱穀していない刈りとった稲束を乱雑に詰めこんであった。

「鈴籾の苗は、焼かれる前に刈ってたげぇてきました」

「しかし、おめ、旦那が……」

ノイは真っ赤な目で、馬上の重家を見あげた。

「鈴籾は、無事です」

「……わかった。新発田の本城に行ご」

「これを」

ノイが差しだしたのは、乾燥させた紅花粉だった。

新発田城から半里（約二キロメートル）、赤橋館という新発田側の砦を境に、新発田兵と上杉兵は睨みあった。上杉方は色部、本庄ら揚北衆を前衛に出し、火縄銃を撃ちかけてきた。

「竹束ぁ出せ！」

新発田方は袖印をつけない。足軽の一兵にいたるまで、目の際に紅花粉の目化粧を入れ、眦を決した。弾よけの竹束を掲げさせ、前進する。

「弥次郎！　オレに鉄砲撃ってみろ」

竹束から重家が馬を乗りだし、飛びくる鉛玉へ手を掲げると、慌てて敵方が撃つのをやめ、本庄繁長が単騎で馬を進めてきた。

「おめを撃つ筒はねえ」

上杉方の後方から繁長を叱責する声が聞こえてくる。繁長は振り返り怒鳴った。

「あぐらし！　わしが源太と話しとるんじゃ、黙っておれ」繁長は欠けた指で鼻を擤んだ。「あの鈴粒な、枯らしてしもうた。勘弁な。たぶん、こころの籾らねえ」

重家は頷く。おなじことを考えていた。

「株の増えかたが早え」繁長は声をひそめる。「ちゃんと育てば、倍の実入りになっぞ」

重家は頭をさげた。

「悪ーりねえ」

馬を返し、繁長はひとりごちるように呟いた。

「胎内川の砦に兵糧入れたけれども、新発田めに奪われたら困るわい」

表だっては新発田方につくことはないが、秘かに兵糧を渡すというのか。思わず笑い声が漏れた。

「ははッ」

重家は全兵をふたつに分けた。　敵中央前衛にいる揚北衆を避けつつ、左と右から回りこませ、敵の後方を討てと命じる。

「おだあげれ！」

気勢をあげて、味方が敵を迂回して突進していく。　前衛の揚北衆は動かない。　重家が馬を動かしすれ違いざま、　馬廻りに囲まれた繁長が欠伸をするのが見えた。

前衛がまったく役に立たないことに動揺した景勝本陣では、　火縄銃を撃ちかけることもせず、撤退の命がくだされた。　慌てて背を見せ後方に退きはじめる。

重家は声を嗄らして叫んだ。

「追え、追え」

鐙を踏んで立ちあがり、騎兵を前に出し横行する。

海からの冷たい風が吹きすさび、新発田の三つ星の旗印が翻った。焼けた田畑に乗り入れ、焦げた藁、生煮えの大根や菜っ葉を踏み散らすそのたびに、胸が張り裂けそうに痛む。

解けた雪から現れた大地を慈しんで種をまき、冷夏の寒さに藁を巻いて守り、ようやく手にする実りを、お前たちは奪った。

許してなるものか。

顔をあげればちかくに二王子岳、飯豊山が青く重なりあう。

山神が見ている。みじめな戦いをしてはならぬ。

撤退する兵に火縄銃を撃ちかければ、斃れた兵へと騎兵が殺到し、馬で踏み散らしてゆく。舞い散る枯草が顔を撫でた。

「景勝、オレを舐めとったろう！」

紺地に金の日の丸を掲げた馬印のもと、大日輪の前立の兜の小柄な人物が振り返る。上杉景勝。無口で軍議の際も滅多に口を開かず、彼の思惑を量るのは至難の業だ。

景勝は目を見開き、大音声で怒鳴り返してきた。

「降れ、本能寺の凶報を知らぬわけではなかろう。お主を支える大名はもうおらぬ」

「ああ知っとるぞ」

わずか三ヵ月ほど前の、六月のことだ。

天下を手中に収めようとしていた織田信長が、京都本能寺で明智光秀に討たれた。

その報せを色部長実からの書状で知らされたとき、信じがたかった。織田方とは、越中を佐々成政が切りとり、重家と佐々成政とで景勝を挟撃する内約が成っていた。しかし主君の死で、織田家中はそれどころではなくなった。

揚北という辺境にいた重家は、とり残された。

会津の蘆名勢の、三つ引き両の旗印が景勝のちかくに見える。蘆名も上杉についたか。景勝の言うとおりだ。オレを支える大名はおらぬ。

喉をせりあがる感情を、必死で飲みこんだ。

「だからなんだ」

一ヵ所に固まって鑓を掲げて抗する敵を、馬上鑓で薙ぎ払い、ひるんだところへ複数でどっと馬を乗りいれる。口を開けて舌を出し、敵を威嚇すれば悲鳴があがった。

「鬼新発田！」

悲鳴が耳に心地よい。

景勝は新発田の隣の岩船郡の鮎川盛長に密使を送り、重家を討てば、新発田の地を与えると伝えたという。家臣の高橋掃部介にも似たような密使がやってきたが、いずれも文書の封すらあけず、重家のもとに届けられた。

高橋掃部介が、さっと重家の脇から躍り出る。

「盟する大名などなくとも、わしらが因幡守さまを大名に成すぞ」

足軽兵が鑓で地面を打って、応と返す。

「主は、因幡守さまのみ」

戦場を見渡せば幾千、幾万の動く兜が見え、命のゆらめきを感じた。万億の命を背負ってな

お、オレはオレであらねばならぬ。

敵が逃げるさきは、迫り出した山の斜面が街道を圧迫して、道が土橋のようになっている。馬

が二頭並んで通るのがやっとで、小川の注ぎこむ深田が両脇にひろがる。

重家たちは、ここを放生橋と呼ぶ。

立ちあがったまま馬上鑓を構え、馬を進めた。あと十騎ばかり抜けば、景勝まで届く。

「景勝、いまそちらに参るゆえ、オレと一騎討ちじゃ」

落ち着き払った声が返る。

「気でも狂うたか」

弓懸のついた手で顎を撫でる。

「惜しいかな。オレが機会を与えてやったのに」

さっと手を振ると、深田から鑓が突き出された。敵が驚きの声をあげる。最初からここに伏兵

を潜ませていたのだ。

声のかぎりに命じる。

「突き殺せ」

地面を揺るがすような鬨の声をあげて、目尻に朱をさした足軽兵が深田から這いあがる。

敵は、逃げようにも細い道で先陣が動かない。鑓を投げ捨て命乞いをする兵の胴腹を鑓で突け

ば深田に転がり落ち、二度と這いあがることはない。味方は殺気を鑓の穂先に宿らせ、黙々と敵

の後列に殺到し、叫喚があたりに木霊した。

重家は銃兵を前に並べた。

「撃て」

敵の馬廻りが必死で景勝の周りを固め、主君を逃がそうとするが、馬を撃たれ、深田に落ちて

ゆく。こちらの兵が大将旗に取りついて、景勝の金の日の丸の旗が折れた。

御大将を御守りしろ、という声だけが虚しく響く。

「そうはいくか」

馬の腹を蹴り、自ら最前に出て馬廻りと切り結ぶ。足軽が馬廻りの脚に取りついて引きずり落

とした。あと三騎。景勝の大日輪の前立が手の届くほどちかくにある。

が、そこまでだった。放生橋を抜けた景勝が一騎で走りだした。

「逃がすな！」

薄闇が降りてきて、あたりは急速に暗くなっていく。敵の馬廻りが必死の形相で、鑓を振る

って立ちふさがった。重家は馬を止めた。

いまさらながら背後にとり残された色部、本庄の揚北衆が押し太鼓を鳴らし、こちらを追撃す

る動きを見せたのだ。

腹から血を流しながら高橋掃部介が戻り、首を垂れた。

「景勝めを、とり逃がしました」

怒鳴りつけたい気持ちを抑え、肩を揺らして息を整える。

「よい。退くぞ」

先に馬を降りて腕を差しあげ、馬に乗っているのが辛そうな掃部介の肩を担ぐ。甲冑の重い体が肩に食い入った。

掃部介が声を詰まらせた。

「殿。かたじけない」

「お主は矢雨もむしゃげねど、初陣前の息子がおるんだすけ」

「殿にも、治時さまがおられるではありませんか」

息子の治時はこの合戦が初陣である。しばらくして赤い目化粧をした若い武士が戻ってきた。治時だった。荒い息をついて路傍に座りこむ。景勝をとり逃したのを恥じて無言の息子の肩を、優しく叩いた。

重家はみずから鑓を掲げた。

「勝鬨あげろ、色部、本庄の目を覚まさせてやれ」

鉦を打ち鳴らし、味方が甚句を口ずさむ。人々が阿賀野川をくだるときに口ずさむ舟歌の旋律だ。色部、本庄の兵は距離をとって止まり、呼応して手を打ち鳴らす者すらいた。

最後は重家と高橋掃部介が良い、良いと音頭をとれば、応と声が返る。息子の治時も控えめに鑓を掲げた。

本庄繁長らしき人影が前に進みでて、朗々と声が届いてきた。

「新発田ぁ攻め入らば、因幡守めが、討ち果たす」

「アーソイ、ソイ」

放生橋の合戦で新発田方があげた首は菅名但馬守、水原満家、上野九兵衛ら、数百におよん

だ。景勝が危うく首をとられるところだった、という報は越後じゅうに広まった。

そうして冬が来て、越後の大地はひとしく白に染まってゆく。

二

昼から地吹雪となっている。こうなれば雪が解ける春まで、この地は眠るように静かになる。

月日は過ぎていった。天正十一年の夏にも景勝は攻めてきて、新発田城から一里離れた八幡表で合戦となったが、勝敗がつかないまま仕舞となった。五十公野や新発田を焼かれたから、損害はこちらのほうが大きかっただろう。

夏になればときどき色部や本庄の兵が、沼垂や新潟津に襲いかかる以外、景勝自身は出陣を避けるようになった。間諜の報では、佐々成政の越中侵攻が激しくなり、新発田にかかずらう暇がないらしい。

そのあいだ、織田信長亡きあと台頭した羽柴秀吉が、小牧・長久手の合戦で徳川家康と和睦し、天下は秀吉のものとなった。

「誰だよ、羽柴というのは」

聞けば、鼠のように不細工な小男だという。

そんな小男が名だたる諸将をつぎつぎに従えていく。

会津の蘆名は主君の盛隆が家臣に殺され衰退し、佐々成政も秀吉に攻められ、明日をも知れぬ情勢だという。伊達は輝宗が隠居し、いずれ嫡男の梵天丸（政宗）が継ぎそうだ。

ま、天下からおきざりにされてゆく。

朝から憂さばらしに一人で飲んでいたが、眠くなってきた。

夢うつつに聞きなれた、酒焼けした声が蘇ってくる。

「はあー、お主、長生きせんぞ」

あれは本庄繁長が上杉家に反逆した、永禄十一年のことだったと思う。

胎内川付近で本庄方の兵を追い散らし、本陣へ戻った夜、兄の長敦と輝虎（謙信）のもとへ呼びだされた。感状でも賜るのかと思って胸を高鳴らせた重家に飛んできたのは、酒焼けした甲高い声だった。

「わかっておるのか、ん？」

白い行者頭巾を被った主君は、平伏する重家に顔を寄せた。酒のにおいが鼻の奥に届く。兄の長敦が止めるのも聞かず、重家は顔をあげて、主君を見あげた。

御実城さまと呼ばれる主君は、赤らみ、釣りあがった目を眇めた。

「繁長が羨ましいと思ったろう。その目は逆心の目らや。父上は上条定憲の乱では、中条とともに新発田一党を討ち果たす願文を、書いておった」

「新発田はじめ、揚北一党、悉く人質を出し、御実城さまに忠誠を誓ってございますれば」

兄が重家の頭を押さえつけ、声を震わせる。動揺のあまり揚北言葉がまじった。

ほんとうは、自在に兵を操り、揚北衆を率いて上杉方に挑む繁長を見て、腹の底が疼いていた。揚北の男は、頭を押さえつけられては生きられぬ。

天下は刻一刻と動き、報せばかりが重家の手に届く。ここは真白の世界にとじこめられたた

輝虎は、漆の酒器に酒を注いで呻った。

「越後上杉は足利将軍家を奉じ、関東管領として務めを果たさねばならぬ。お主らは手足となる。さすれば、わしがのうなっても、天下は回ってゆく。わかるか重家」

空になった徳利が、転がる音がした。重家の手から落ちた音だった。

目を開けば薄暗く、外の地吹雪の唸り声が聞こえるだけだ。

「天下とは……わかりませぬ、御実城さま」

あのとき、自分はなんと答えただろう。

足利将軍家はとうに織田信長に追放され、その信長は本能寺で露と消えた。かわりに名も知らぬ男が天下の采配を握り、強大な力でほかの大名を従えようとしている。

景勝も、秀吉に恭順の意を示したというではないか。いずれは上洛し、頭をさげるのだろう。

なぜさげる？　戦さに負けたならともかく、戦ってもいない相手に。

さげたとして、京など遠い国にいる将軍だか関白だか太閤だか、ともかくその人が新発田のことなど、顧みてくださるのか。間延びした言葉を喋る田舎者と嘲って、田畑でも耕しておれ、と思うのではないか。

鈴粉を、枯れさせずに育ててくれるのか。

「オレが……やらねば」

身を起こすと、火鉢の炭が白くなって、寒々とした静寂があるばかりだ。

高橋掃部介の息子の鴨之助が、部屋に膳を持ってやってきた。掃部介は放生橋の合戦で負った傷が悪化して、合戦の晩に亡くなった。若くして高橋家を担うことになった鴨之助は、新発田城

の支城である池ノ端城をよく守っている。

「ノイという女が、炊いて殿に供せと米を持って参りました」

勢いよく戸板を開け放ち、中庭に積もった雪に顔を突っこむ。鴨之助が驚いた声をあげるのを聞きながら雪中で顔を振れば、痛みに似た冷たさが酔いを吹き飛ばした。

「食う」

椀に盛られた米は、いつもの玄米ではなく、姫飯だった。そのぶん目減りしているはずだが、丸く太って、粒の一つひとつが大きく、先が立っている。箸で一口、運べば甘い。口のなかに甘みがひろがって、牛の乳を飲んでいるかのような風味がある。ふいに目頭が熱くなった。

ノイめ、やりおった。

「鴨之助、食いや」

「はぁ……」

主君の意図が飲みこめず、戸惑いながら鴨之助は口に飯を運ぶ。口に入れるや目を見開いて、こちらを見てきた。

「これは、まことに米でございますか」

「米じゃ。これをオレは、新発田じゅうの、いや、揚北じゅうの田に植えたい。みな腹いっぱい食わせてやりたい」

飢えないようにしてやりたい。だからいまのままでは足りぬ、と思った。

鴨之助はにっこり笑って言う。

「殿はそのままでいてくださりませ。殿だから、みなついていきたいのです」

重家は一人で五十公野のノイの元へ雪を漕いでいった。

郷への道には、左右に積みあげられた雪洞のなかに、ぽつぽつと灯りがともされていた。

地吹雪はおさまり、粉雪が落ちてくる。雲の薄くなったところから、わずかな月光が射す。夜が払われ、真昼のように明るくなる。裏の林の雪が落ちる音以外、なにも聞こえなかった。

喜兵衛の屋敷の裏、小作人の小屋に重家は回った。間男のようだな、と苦笑いが漏れる。

ノイは藁に埋もれて藁縄を編んでいた。

「夜這いにまいった」

冗談にも真顔で、はあ、と答える。まだ若いから誘いもたくさんあろうに、と言おうかと思ったが、この女には世辞は必要ないのだと思いなおした。

「鈴粒の米。旨かった」

「まことにござりまするか」

くたびれた女の顔が、ぱっと輝く。ノイは早口で言った。

「来年は一反に植えられるくらい穫れたがの。あの鈴粒には山の神さまの御加護がござります。今度こそ焼かれぬよう、鈴粒はあちこちに隠してございまする」

美しいな、と重家は鼻の下を掻いた。

「その鈴粒、本庄と色部へ分けてやってくれぬか。お主の育て方を教えてやってほしい」

はじめノイは、よくわからない顔をしていた。それが新発田の外へ行けという命だと悟ると、こちらを凝視してきた。

郷を出たことのなかった女が初めて、外の世界を見にいく。

ノイは深々と頭をさげた。声が震えていた。

「こって嬉しかね」

――俺も外の世界が見たい。

三

天正十三年。閏八月。

朝廷の使者がやってくることは、危険を冒して胎内川を渡ってきた色部長実が、先んじて報せてくれた。上杉と新発田の争いを憂慮し、和議を斡旋してくれるのだという。

長実は、いつになく強い口調で重家に迫った。

「最初で最後の和睦だ。所望れね」

和議が成ろうとも破談になろうとも、越中はもう耐えられぬ。佐々成政は降伏するであろう。積年の敵が片づけば、景勝は北国街道を南下して上洛する。そうすればどうなるか。

上杉方の間者を警戒してか、唸るような長実の声は小さい。

「上洛が成りゃ景勝は、必ずお主の誅罰を関白に請う。そうなりゃ仕舞やれえ。関白が和議の仲介をするなんて、ほかにねえ。柴田も徳川も、織田の息たちもやりんむり潰してきた男が、おめを買っとるら」

「それは、北条のお陰じゃ」

長実は眉を寄せた。

「……北条の？」

　もし佐々をくだし、越後の騒乱が収まって「無事」とならば、残るのは島津の治める九州、北条の治める関東、そしていまだ群雄割拠する奥州だ。

「新発田は会津にも関東にも出やすいところにある。関白はオレや揚北衆を、北条攻め、奥州攻めの先兵に使いたい。だからオレを生かすんじゃ」

　長実はしばらく絶句していた。

「おめ、ほんね源太か？」

　徳利を抱いて寝ているときに、なんとなく見えた。揚北から日の本を見ていては、なにもわからない。亡き御実城が見ていたものに依って、外側から揚北を見れば、空から見おろすように、天下が見えてくる。

　会ったこともない関白秀吉の考えが、わかるような気がする。金上盛備がいつか言った手打ちとは、こういうことか。

「新発田は膝を折ろう」

　目の前に座った白地狩衣の男を、重家は見た。男は、秀吉の依頼を受けた京都粟田口青蓮院宮尊朝法親王の使いの長谷三位という貴族だと聞いた。流れる汗に白粉がはげかけている。

「越後は涼しいと聞いていたが、暑いのう」

　夏の終わりから秋にかけ、南風が強く暑い日がときどきある。

「越後は涼しいと聞いていたが、暑いのう」

　唄うような抑揚だった。これが京の公家言葉か。集中しなければなんと言っているのかわから

ない。

　新発田一族郎党が集まった板間の先頭で、重家は頭をさげたまま頷く。　額の汗が板間に落ちる
のを見ていた。

「は……」

　長谷三位は、金地に松の枝が描かれた扇を閉じた。

「知っておると思うが、この七月に豊臣秀吉どのが関白に任じられ、武家はすべて豊臣どのの帷
幄にはいった。　みだりに兵を動かすこと罷りならぬ。　関白どのは越州の騒乱にいたく心を痛めて
おられる」

「は……某も心を痛めております。　ゆえに、関白さまの御命に従いて、和議を結ぼうと存じま
する」

「余は嬉しいぞ」長谷三位は扇を開いて仰ぎ、はたと気づいた顔をした。「関白どのより、別途
書状を預かって参った」

　低頭して書状を受けとれば、大きな仮名文字が飛びこんできた。　漢字を書けぬ百姓あがりの男
だというのは、本当らしい。

　余計な前書きを省き、「あのすずもみ、いかがであるか」と書いてあった。

「鈴籾──」

　つづく文には、鈴籾は信長に命じられ、自分が播州の育ちの生え抜きの稲を送ったこと、寒
さに弱いゆえ、藁を敷いて育てるべきこと、さらに育ちのよい稲どうしを掛けあわせれば、より
たくさんの実入りが見こめるだろう、と書かれていた。

あの鈴籾は、景勝から盗んだのではなく、織田から得たものだったのか。

兄・長敦はずっと前から、織田に通じていたというのか。それも、戦う途を選ぶのではなく、稲を育てることで、上杉を凌駕しようとしたがために、汚いやりかたで殺された。秀吉も兄も、自分よりずっと先を見ている。

書状を持つ手が震え、額の汗が雁皮紙に落ちて滲んだ。

和議を受ければ、国造りができる。堤防を築き、干潟を耕作地とすることも可能だ。

退屈そうにする長谷三位へ、重家は掠れ声を絞りだした。

「なにとぞ、三位さま。上杉にも和議の件、しかと伝えてくだされ。わしは矛を納める用意がある」

重家の熱に気圧され、長谷三位はたじろいだ。

「う、うむ」

しかし。四カ月も経て、景勝からもたらされた返答は次のようであった。

「国家の鴆毒、蒼生の医養調いがたし」

国家の毒となる重家のあるかぎり、人々を養い、平和を保つことはできないというのである。越後の国を保つためには、新発田打倒は悲願である。それが大名たるすべなのだ。景勝が大名たらんとするほど、重家とぶつかりあい、並び立つことはない。

「景勝……ッ」

天正十四年、まだ雪が解けきる前から、重家は景勝方の城を攻めたが、激しい抵抗に遭い、撃

破された。

五月には景勝が上洛。種を撒き、やっと芽が出た田畑を上杉方は踏み荒らし、七月には甘糟、山吉、蓼沼らの兵が新潟津、沼垂を陥とし、海上への道が封鎖された。

八月には豊臣方の軍監を伴い、景勝が侵攻してきた。軍監の木村吉清は、戦装束のまま新発田城にやってきて、重家に問うた。

「なぜ降らぬ」

木村吉清の後ろで、上杉方が田畑を焼く煙が流れていた。

「……ただひとつ、願いがございまする」

「申してみよ」

その夏は海からの風が異常に熱く、わずかに残った稲も、通常の半分から七割ほどの大きさにしかならなかった。新発田城には百姓たちが避難してごった返し、このまま冬が訪れれば兵糧は春まで持たぬ。

「来年の刈り入れが終わるまで、待ってくださいませぬか」

容れられねば、抗するのみだ。

木村吉清はしばし黙って、唸り声とともにこう答えた。

「己の首より田畑か。物好きな奴よ」

豊臣秀吉は、書状で諸将に伝えた。

「この上は新発田儀、討ち果たさるべきことに専一に候」

新発田討伐の命はくだされた。天正十五年の雪解けとともに景勝が動きだした。

色部家から戻ったノイと、重家は、三つの枡を用意した。鈴殻の花に、新発田に元からあった稲を受粉させてできた、新種の種籾がようやく実ったのだ。色部長実の考えでは、寒さに強く、この地に適した株となるはずだ。

「鈴殻でのうて、新しい名前をつけなくてはな」

俵の前で平伏していたノイが顔をあげた。

「新発田、と」

枡の一つを本庄へ。一つを色部へ。そして最後に残った枡を、新発田の一反の田に植えた。うまくゆけば、新しい米づくりが軌道に乗る。

支城の水原城を陥とし、景勝はいったん春日山に戻り、八月に軍備を整えて再出撃した。まだ薄黄色の田のなかを、一万を超える軍勢は進んでいった。

「あと二月、いや一月でいい」

新発田城、五十公野城、池ノ端城を囲まれ、重家は耐えた。眼下に広がる田が黄金色に色づくまで。兵糧はもう尽きた。女子供はひそかに城から逃がし、山の中腹の根小屋に避難させた。

そして八月末の満月の夜、田で動くかすかな人影があり、一反の田は刈りとられた。

天正十五年の十月。

天正九年の蜂起から、六年の歳月が過ぎていた。

六年も抗する者は、豊臣の成す天下には邪魔なのだ。それはもう、わかっている。

紅花粉を水で溶いて目の際に塗る。長く息を吐けば、怒りが肚の底に落ちてゆく。

むかし関東攻めのときに被った、金の福禄寿の前立の兜を被り、金白檀緘の素懸鎧、背に白色の母衣をつけた。

この景色を、なるたけ焼きたくない、と思う。

どこまでも折り重なる、金色の田。ぽつぽつと郷ごとの鎮守の森があり、強い風に木々が揺れている。わずか一里先に五十公野城があり、黒煙が長くたなびいて、二王子の山に消えている。

昨晩、五十公野城は陥ち、妹婿の道如斎は討ち取られたと聞いた。支城はもう、池ノ端城くらいしか残っていない。

西には阿賀野の湿地があり、境目なく海へとつながって、まだ見ぬいずれの国へもつづいているのだろう。

天下が平穏になれば、大きな船が新潟津にも寄港し、能登、四国、淡路の海を渡って京へあがることになるかもしれない。京だけでなく、さらに東へも進むだろう。

いつか、来るだろう。

それが見られないのが、たまらなく悔しい。

「参ろうか」

城の南の大手、猿橋口に向かえば、城を囲む敵の多さに、味方がどよめく。前衛に三つ山の家紋。直江兼続の馬印だ。脇に色部、本庄の旗もあった。

「人質でも取ったつもりか」

放生橋合戦のときのように、揚北衆が日和見をすることはない。正面に斬りこめば、揚北の兵同士が戦うことになる。

それだけは避ける。

「我らの武を天下に轟かす刻ぞ」

「ヤーヤー、ヤトー」

重家は一千の兵を率い、猿橋口から飛びだした。

すぐに火縄銃が撃ちかけられた。どれも馬を狙っている。馬が前膝をつき、兵が投げだされた。川中島の合戦から三十年。弓矢から鑓、そして火縄銃へと戦さは変わった。

「変わらぬのは、人の心の業火だけだ」

竹束を据えさせ、至近距離で撃ちあう。竹束を弾が貫通し、重家の隣にいた馬廻りが頭を割られて崩れ落ちる。竹束の隙間から覗けば、敵がじりじりと前進してくるのが見えた。馬廻りが重家に退くよう進言した。

「押されておりまする」

かまわず重家は馬の腹を蹴って、竹束のあいだから躍り出た。敵左翼が動き、支城の池ノ端城との連携を塞ごうと街道を遮断している。池ノ端城に入るのは鴨之助だ。父の仇を討たんといまごろ目尻に朱を差しているだろう。犬死させてはならぬ。

騎兵が、敵の横腹へいっせいに突っこんだ。身を低くして撃ちこまれる弾を避け、敵足軽の口蓋に馬上鑓を突き入れれば、衝撃に二の腕が軋んだ。力任せに薙いで、鑓を振りあげ、勢いをつけて兜ごと叩き割る。

「オレの道をば開けよ」

どこで天下を見誤った。

木村吉清が「物好きな奴よ」と嘲ったときか。膝を折れば、命が助かったか。

命など。

新しき種籾に比べれば、安い。

足軽の進みが遅い。あたりまえだ。もう城に兵糧は残っていない。みな血走った眼を見開き、戦場で気力だけで立っている。ようやく銃兵が追いついた。竹束を据え、引き金を引く。青白い煙であたりが霞んだ。敵の呻き声だけが聞こえてくる。敵の動きもわからぬまま次射を命じた。三射。青白い煙幕が風で流され、斃れ伏す敵が見えた。足軽を動かし、竹束から討って出る。横たわり、起きあがろうとする敵を踏み散らし、鑓で突き殺した。

「揚北衆は動いたか」

振り返れば、新発田城から矢の雨が射かけられるのが見えた。城から矢を射ろとは言っていない。治時が命じたのか。

そのうちの一本が長く飛び、敵陣へ落ちてゆく。

「矢文か」

敵へ射こむ矢文の内容など、知れている。内応する者がいるに違いない。

横行した敵が、重家の行く手を遮るように突進してくる。正面からぶつかる。すれ違いざまに鑓を横に傾け、敵騎兵の胴腹に当てれば、敵が重家の袖に手を伸ばして、摑みあいになった。鑓で敵の体ごと押しかえし、のけぞったところを、太刀を抜いて太い頸を切る。ぬるい血飛沫を正面から浴びた。

「白母衣が因幡守ぞ、殺せ」

馬の脚が止まり、つづけざまに突進してきた敵足軽に馬の腹を刺され、大きく立ちあがったのを、鐙を踏んで堪える。そのまま馬の前脚で足軽の頭を踏みつけ、割った。足軽がひるんでざっと退いたところへ、太刀で斬りこんで三、四人を殺した。

そのとき、馬が悲鳴をあげて脚を折った。

「オレを殺せると思うてか！」

馬から飛び降り、猛るままに突きだされた鑓を脇で挟んで、力任せに足軽を体ごと投げとばす。そこへ味方が駆けつけて乱戦になった。母衣を摑まれ、二人がかりで重家は引きずり倒された。

頭上で短刀が煌めいた。

「殿を守れ」

味方が腕を摑んで、引き戻す。何人もの足軽が前に立ちはだかり、身を挺して重家を守った。鑓に胴を突かれて息絶える者の、断末魔の絶叫が重家の耳に届いて、思わず唇を嚙んだ。

城から退き太鼓が鳴らされている。

家臣が差しだした馬に跨り、重家は敵正面で微動だにしない直江兼続の三つ山の旗を睨みつけた。

「……退け」

後方にいる景勝に声を飛ばす。

「因幡守重家、決して膝を折らぬ」

敵陣から、景勝の激怒する声が返った。

「六年もの専横、赦しはせぬ」

猿橋口から二の丸に戻れば、嫡男の治時が険しい顔で迎えた。

「某が退却を命じました」

息子の肩を優しく叩く。全身が汗にまみれ、目の前が白滅した。

「よい判断だった。門を固めよ」

勢いに乗じ、敵は二の丸に殺到した。土塁を駆け登ろうとする敵に火縄銃を撃ちかけ、石を落として応戦した。重家は椀で水を飲み干すと、休むまもなく二の丸にとどまり、土塁で防戦する味方に声をかけて回った。

治時が耳打ちをしてきた。

「父上、御味方に内応ありとの噂が」

「知っておる」

いまそれが誰かを詰問する時間はない。

堀底は攻め寄せる敵兵の死骸で埋まり、なお梯子をかけて土塁を登りくる。陽が沈むころ、ようやく攻め手が止んだ。西の海に最後の陽が残って煌めくのを、重家はうつろに見つめ、全身を弛緩させた。

「手打ちの刻か」

夜半、叫び声で重家は目を覚ました。北西の搦手口が明るくなっている。

「畜生」

もたれかかっていた土塀を蹴り、重家は搦手口へ走った。土塁下に潜んだ敵が、長柄の先に松

明をつけ、果敢に築地を乗り越えようとしている。重家はみずから搦手口を開いて土塁を駆け

た。空腹で足がもつれ、危うく土塁から落ちそうになる。矢狭間から矢を射かけさせ、なんとか

防いだとき、今度は二の丸で鬨の声が起こった。

こちらの夜襲は囮だったか。二の丸はもう持つまい。

「本丸へ退け」

唇を嚙んで、重家は本丸への細い土橋を渡った。本丸周りは二重堀になっていて、簡単には陥

とせない。敵もそれを知って、本丸へは入ってこなかった。

重家と郎党は本丸で持ちこたえた。後詰はない。ただ籠るばかりだ。

曇天のもと、雪が落ちてきそうな寒さのなか、汗が体温を奪って手がかじかむ。硝煙に焼か

れ、喉が痛んだ。

重家は、自ら築地を乗り越えて、掛けられた梯子を反対側に蹴った。敵兵が堀底に落ち、石の

下敷きになる。死体を取り除き、土塁を登りくる敵は尽きることがない。空腹で眩暈がする。築

地から身を乗りだし、指揮を執っていた治時が頭の側面を撃たれ、武者走りからもんどり打って

転がり落ちた。駆け寄って抱き起すと、震える手で重家の腕を弱く摑む。

苦しげに唇が動いた。

「許せ、治時」

「ち……うえ」

懐刀を喉に押しあて、一息に引く。血の海のなかで治時は絶命した。

夜には霙まじりの小雨が降り、堀底の死体や重家の体をひとしく濡らしていった。

そして三日目の日が昇る。本丸に立て籠った兵は誰一人逃げようとせず、朱の目尻で重家を出迎えた。

「最期まで、よう仕えてくれた。揚北の士らしく、名を残そうぞ」

名だけでも残せば、人は忘れはしまい。ここで、ひとつの国が成ろうとしていたことを。できるのはもう、それだけだ。

重家は本丸出口から討って出た。本丸正面に布陣していた色部長実の隊に飛びこむ。太刀は抜かず、目は前を見ていた。

「源太ァ、天下はどうじゃった」

先陣を切って走ってくる、色部長実と本庄繁長の姿が、ぼんやりと目に映る。

腹になにかが差しこまれる。柄を握ればそれが鑓であるとわかった。自らの腹から流れでる血に手が濡れた。

「強げらったろも、手応えがねかったてば」

口元に笑みが浮かんだ。揚北言葉が口をつく。

二つ、重なる声がある。

「この。いちがいこき」

　　◇

薄闇の空に宵の明星が輝きはじめ、転びながらノイは山頂の鳥居にたどり着いた。あたりには石積みがいくつもある。百姓が登るごとに豊作を祈って積みあげていったもので、いくつかはノイがかつて夫と積んだはずだ。

「ああっ、勘弁してくんなせ」

石が崩れる乾いた音に、ノイは泣きながら鳥居に縋った。目の前に小さな社があり、そこには干からびた髪のようなものが散らばっていた。

全身の力を振り絞って、手をあわせ祈る。

「神さま。重家さまを……重家さまを……」

新発田因幡守重家さまを御守りくださいませ、と願おうとした。声は、途切れた。

堪えていた涙が溢れ、袋を抱く。角がほつれ、種籾が落ちた。膝をついて手が岩で擦れるのも

かまわず、かき集めた。

重家がほんとうに祈ってほしいことが、ノイにはわかる。

「どうか新発田の種籾を。来年こそゆたかに実らせてくんなせや」

遠い山から、神が鳴らす鐘の音が聞こえている。

解説・ブックガイド④

【戦国大名と家臣】

◉ 解説

戦国大名と聞けば、すぐに織田信長や武田信玄、伊達政宗などの名を思い浮かべるだろう。その役割も、朝廷や幕府の支配を受けず、独自に領国を統治した存在だとあまり躊躇なく答えられるはずだ。

ただ、歴史学における戦国大名は、かなり曖昧な概念のようだ。

大石泰史編『全国国衆ガイド』によると、かつては『検知を行い』『分国法を制定』したのが戦国大名とされたが、現在ではこれでは不十分だという。桜井英治「戦国大名と地域社会」（『大学の日本史二 中世』所収）は、戦国大名の条件の一つとして「支配下に複数の国人領主を包摂・統合していることである。この条件を欠くならば、いくら大きな版図を有していようとも、それは国人領主にすぎない。国人領主を包摂・統合してはじめて国人領主から概念的に区別される戦国大名が誕生する」と説明している。

従来、国人は、室町時代に領主が地方の領地に派遣した家臣、あるいは領内の農民などを取り立てて家臣にした者などを指していた。黒田基樹『戦国大名 政策・統治・戦争』

は、戦国時代に入ると、自分の居城を中心に地域的支配権を得るまでに成長した国人が現れ、それは室町期の国人領主制が変質したものなので国衆とすべき、とした。

戦国大名の定義にもかかわるこの**国衆**について、黒田『戦国大名』は、**支配領域は独立**していて、平時は大名の介入を受けず、独自に「家中」を編成し、領内を支配する行政機構を持ち、年貢の徴収や公事（裁判）などを実施していた、大名と起請文を交わし、証人（人質）を出すことで従属関係を結ぶが独立性は維持する、大名に領地の支配を認めてもらう代わりに奉公（軍役などの負担）を負う、などの特徴があったとする。大名と国衆の関係は双務的であり、国衆が危機に陥った時は大名が援軍を送る必要があり、大名の命令を国衆に伝え、国衆の要望を大名に伝える「取次」という役職も置かれていた。**国衆は、大名**が約束を破れば離反し、平然と別の大名につく存在だったのである。

また、これまで専制的と思われていた戦国大名についても、近年、彼らが直接支配していたのは代々受け継いだ土地と、武力で占領し直臣に与えた土地のみであり、政権運営を安定させるにも、軍事作戦を行うにも、国衆の協力が不可欠だった事実が分かってきた。

最近の歴史小説では、こうした国衆の研究の発展に伴い、国衆に気を使う戦国大名を描いた作品が増えてきている。

本作の著者である**武川佑**は、すでに武田信虎と腹心の勝沼信友、原虎胤の三人を軸に、戦国時代初期の甲斐武田家を描いた初の単行本『**虎の牙**』で、地方武将の実情、大名と国衆の関係を丹念に掘り起こしてみせた。武田家の宿敵だった上杉家の国衆に着目した本作

も同じ題材に挑んでおり、武川のこだわりが感じられる。

上杉謙信には実子がなく、姉の仙桃院と重臣の長尾政景の間に生まれた景勝、越相同盟の締結で人質として送られた北条氏康の息子・景虎を養子にしていた。しかし、どちらを後継者にするか決めないまま急逝したため、景勝と景虎による相続争い、いわゆる御館の乱が勃発する。上杉家の国衆・新発田重家は景勝に味方し勝利に貢献するが、褒賞がないどころか、同族の所領が削られたことに不満を持ち、景勝と戦う決意を固める。

だが、重家は激情で動くだけの猪武者ではない。重家が上杉を見限ると知った会津蘆名家は、密かに重臣の金上盛備を派遣する。だが蘆名の援助を受けると、主君が上杉から蘆名に変わるだけと考える重家は、蘆名の顔を立てながらも申し出を断る。重家は、信玄が死んで武田領は織田や徳川、北条の草刈り場になり、景勝は信長が派遣した佐々成政の対応に追われていることなどを冷静に分析、信長に頼ることを決めるしたたかな外交戦を進める。

さらに重家は、前線でも巧みな戦術で景勝をあと一歩のところまで追い詰めるので、国人衆は領土が小さいだけで戦国大名に匹敵する能力を持っていたことが実感できる。

兄の遺品で、重家が領内で実らせたいと考えている鈴籾は、国衆の独立の象徴となっている。鈴籾の栽培が成功する日を夢見つつ、大国と互角に渡り合う重家は、得をしているのは巨大な組織だけという状況が閉塞感をもたらしている現代社会にあって、小さな勢力でも知恵と勇気があれば現状を打開できることを教えてくれるのである。

重家の活躍が痛快なだけに、天下人になった豊臣秀吉に接近した景勝が重家討伐の大義名分を手にして攻め込んでくる終盤には、もの哀しさがある。ただラストにはささやかな希望も描かれており、読後感は悪くない。

ブックガイド

没落していく大大名の大内家を支える陶隆房と、台頭してくる国衆の毛利元就を描いた吉川永青『悪名残すとも』は、国衆と友好な関係を築きながら組織運営をする大名の苦労と、時流を読む目と素早い決断で成り上がっていく国衆の対比が鮮やかだ。

海道龍一朗『我、六道を懼れず　真田昌幸連戦記』も、父の真田幸綱（後の幸隆）に人質として武田家に送られ、当主の晴信（後の信玄）の薫陶を受けて一人前の武将へと成長する源五郎（後の昌幸）を通して、国衆が戦国大名へ変貌するプロセスを追っていた。

伊東潤『吹けよ風　呼べよ嵐』は、村上義清を盟主と仰いで武田晴信と戦う国衆・須田満親の視点で、川中島の合戦をとらえ直している。伊東は、国衆が晴信に奪われた領土を取り戻すため、長尾景虎（後の上杉謙信）を頼ったことで起きたのが川中島合戦だったとする。現代人の感覚からすると、なぜ名将の晴信と景虎が決着のつかない川中島合戦を繰り返したのか疑問に思うところだが、国衆の意向が無視できなかったとの理由が示されると、納得できる。

安房の里見家に従属する青山信濃守に村の領主と認められた神子田久四郎を主人公にした、岩井三四二『城は踊る』は、国衆に従う国衆とでもいうべき弱小勢力を描いている。

出陣を命じられた久四郎は、十二人の村人（兵農一致なので、農民＝足軽）を選ぶ作業に苦労する。さらに、弓や槍、戦場で食べる米や味噌を買うため高利貸から借金をするので、英雄豪傑とはほど遠く、最前線では真っ先に危険にさらされた国衆のありようもよく分かる。

足軽以下の小者を主人公にした長谷川卓『もののふ戦記　小者・半助の戦い』は、武将を軸にした作品とは異なる視点で戦国の実態に迫っていた。

合戦で領国を広げた大名が、自分の家臣に地方の領地を与えるようになると、代々土地を守ってきた地元の国衆との軋轢も出てくる。明智光秀の命で丹後に入った細川藤孝・忠興父子が在地の一色家を排除する「一色崩れ」、豊臣秀吉に豊前中津十二万石を与えられた黒田官兵衛が自治権を求める国衆を滅ぼす「城井谷崩れ」──国衆の悲劇を題材にした海音寺潮五郎の二作の短編も、戦国大名と国衆の関係の一断面を切り取ったといえる。

また、大石編『全国国衆ガイド』は、『戦国時代は"地方の時代"であり、「将軍の権威が失墜した京＝都よりも、むしろ地方＝鄙において『戦国大名』がいくつもの国を治め、君臨した時代』（執筆者・大石）としている。こうした地方の戦国大名に着目した作品は、上杉景勝の家臣ながら秀吉に所領を与えられた直江兼続が、盟友の石田三成と連携し家康を挟撃する壮大な作戦を立てたとする藤沢周平『密謀』、滝口康彦『立花宗茂と立花道雪』、古川薫『失楽園の武者　小説・大内義隆』など、作家の故郷の偉人を取り上げた

作品が古くからあった。ただ、誰もが利で動いていた戦国時代に、義の価値観を打ち立てようとした武将として直江兼続を描いた火坂雅志『天地人』の成功と、"地方の時代"として戦国時代を見るようになった歴史学の影響もあって、近年の歴史小説は、自覚的に地方の武将を取り上げたり、あまり知られていない武将を掘り起こしたりする動きが加速している。

その結果、西軍として関ヶ原を戦ったため浪人となるも徳川の治世下で旧領に復帰した立花宗茂の数奇な人生を追う葉室麟『無双の花』、領土的な野心など持っていなかったが、家臣と貧困にあえぐ領民を救うため四国の覇者になる道を選んだ武将として土佐の長宗我部元親を描いた天野純希『南海の翼』、東北の文化や伝統を破壊し、さらに恐るべき計画を進める秀吉に抗うため、九戸政実が奥州の九戸城に籠り秀吉の大軍と戦う安部龍太郎『冬を待つ城』（高橋克彦も、故郷の英雄・九戸政実を主人公に『天を衝く』を書いている）、孤独な少年時代を送った伊達政宗が、腹心の片倉小十郎と手を携えて奥州を統一の戦いを始める上田秀人『鳳雛の夢』、九州の大友家で起こったお家騒動を、忠義に厚い吉弘兄弟を通して描く赤神諒『大友二階崩れ』など、中央政府の横暴に抗った、あるいは天下統一はできなかったが小さいながら理想的な国を作った武将に着目する名作が生まれた。前出の滝口康彦『立花宗茂と立花道雪』、長曾我部元親を主人公にした司馬遼太郎『夏草の賦』、山岡荘八『伊達政宗』などの古典と比較すると、歴史研究の発達が小説に与えた影響もうかがえるはずだ。

宗教・文化

5限目

蠅　澤田瞳子

東山より吹き降ろす熱風は、六条坊門通にかかる橋を渡った途端、口の中がざらつくほどの土埃を孕んだ。それとともに無数の蠅の羽音に似た喧騒がどっと顔を叩き、暁旬はまだ板葺きも真新しい橋の真ん中に棒立ちになった。

「おおい、どけどけ。邪魔だ、邪魔だ」

けたたましい怒声に目を上げれば、空の叺を荷台に積み上げた荷車が三輛、がらがらと車軸を鳴らして橋の東から駆けてくる。あわてて欄干に身を寄せて車を避け、法衣の胸に手を当てて、懸命に息を整える。まったく、これが同じ京か——とのつぶやきが、おのずと口をついた。

暁旬が童子の頃より暮らしてきた九条大路の東寺は、ここから南西に二里（約八キロメートル）の距離。弘法大師空海を開基と仰ぐ大寺の暮らしが浮世と大きく隔たっていることは、青坊主の身ではあれど嫌というほど知っている。約一年前、内野の聚楽第が破却された際には、相役の従僧たちと誘い合わせて上京まで見物に出かけたし、禿頭を頭巾で隠して二条柳町の遊里を覗き見したことも、一度や二度ではないためだ。だがそんな暁旬の目にも、橋の向こうに広がる新大仏（方広寺）作事場のやかましさは、まるで国じゅうの喧騒をひとところに集めたかにも映った。

鴨川の土手下には板葺きの小屋が何十棟もひしめき合い、東山・阿弥陀ケ峰へと続く斜を埋め尽くしている。その向こうには貫をあらわにした塀が長々と延び、山と見まごうほどに巨大な大仏殿の裾を飾っていた。

目を凝らせば、その屋根はまだ瓦下地がむき出しで、裸木で組まれた足場が一面を覆っている。しかしそんな雑駁な光景を差し引いても、てらてらと丹を光らせた伽藍の威容は、まるで山峰から昇る朝日もかくやの眩さであった。

橋を渡り切り、緩やかな登り坂を進むにつれ、辺りに漂う土埃は更に激しさを増して行く。いずれは堂宇が建てられるのだろう。がらんと広い空き地には荷車が次々と出入りしており、あるものは山のように積み上げられた木材を運び出し、あるものは太い縄の束をどすどすと地面に放り出す。

あちこちの瓦窯から噴き上がる煙に咳き込みながら、曉旬は傍らを通りがかった髭面の男を呼び止めた。

「恐れ入ります。興山上人さまはどちらにでしょうか」

「さあ、知らねえなあ。なにせこの作事場に、ご出家は数え切れねえほどいるからよ」

手足と言わず、頬と言わず、小さな火傷の跡を刻んだ鍛冶と思しき男は、そっけなく言って、足早にその場を立ち去ろうとした。

「ご存知ないはずはありますまい。豊太閤さまのご下命を受け、大仏本願を仰せつけられたご高僧でいらっしゃいますぞ」

あわてて袖を引っ摑んだ曉旬に、鍛冶はちっと舌打ちをした。傷だらけの手で曉旬を振り払

い、「馬鹿を言え。大仏本願と言やあ、ここじゃ木食応其さまと決まってらあな」と声を荒らげた。

「木食さま……と仰いますと」

「知らねえのかい。新大仏建造のため、七百人もの手下を率いてはるばる高野山からお越しになった坊さまだ。それ、今ちょうど、あそこで内衆がたと行かれるお方がそれさ」

鍛冶が顎をしゃくる方角に目をやれば、従僧を引き連れた六十がらみの猫背の僧侶が、けたたましい声でしゃべりたてながら普請場を横切っていく。ただ草鞋に脛巾を巻き、墨染の直綴の袖をからげて二の腕を剥き出しにした姿は粗野で、およそ数百人の配下を従える高僧とは思い難かった。

「おおい、応其さまァ」

鍛冶はいきなり両手を口に当て、一行に向かって呼びかけた。おっとばかり足を止めた老僧に向かい、「このお坊様が興山上人さまってお方をお探しですけど、存知よりのお人でございますかい」と喚いた。

鍛冶の不作法に、曉旬はあわてて男を制そうとした。だが応其と呼ばれた僧侶は突然の呼びかけに驚いた様子も見せず、

「なんじゃ。おぬしは知らなんだか。興山上人とは他ならぬわしの別号じゃよ」

と、磊落な口調で応じた。

曉旬が師である東寺長者・尭雅に教えられた限りでは、興山上人はもとは近江国・佐々木氏の出という。三十歳を過ぎてから遁世して高野山の客僧となった後、かの山を攻めようとした豊

臣秀吉への恭順の意を告げる使僧に抜擢。それがきっかけで豊太閤の厚い信頼を得た人物のはず
だ。

興山上人の号は、彼が興山した高野山内の興山寺に基づき、当今から賜ったもの。ただ和歌や連
歌を嗜み、十年に亘る新大仏建造の本願に抜擢された高僧が、こんな粗野な人物であろうもの
か。

絶句した曉旬に、応其はわずかに首をひねった。しかしすぐにおおと声を上げて両手を揉み
だき、「もしやおぬし、東寺長者さまの元より遣わされた者か」と足早にこちらに近づいてきた。

「うむうむ、尭雅さまより話は聞いておるぞ。普請勧進のあれこれを学ばせるため、坊主を一
人、こちらに遣わすとな」

「は、はい。さようでございます。曉旬と申します」

慌てて頭を垂れながら、曉旬は上目遣いに応其をうかがった。

間近で見れば、からげた袖はそここが擦り切れ、胸元から膝にかけてべったり泥がこびりつ
いている。それが癖なのか、しきりに両手を揉み合わせる姿は落ち着きがなく、その面相は、い
ったいどこの工匠かと疑うほど、真っ黒に日焼けしている。

師僧の下命とはいえ、こんな人物の元で働くのかとの落胆が、胸の底でことりと音を立てた。

「おおい、理徳院。理徳院はおるか」

けたたましく呼び立てながら、応其は内衆を顧みた。はい、という応えとともに駆け寄ってき
た四十がらみの僧に、「理徳院。おぬし、こやつの面倒を見てやってくれ」と有無を言わさぬ口
調で命じた。

「かしこまりました。以前仰せられた、東寺さまよりの預り弟子でございますな」

意志の強そうな目で暁旬を顧み、僧侶は落ち着いた声で応じた。洗い晒されてはいるが清潔な身ごしらえといい、すっきりと伸びた背筋といい、むしろこちらの方が大仏勧進に相応しいたたずまいであった。

「おお、そうじゃ。東寺の衆は作事にはとんと不案内と聞くでな。よろしく引き回してやってくれ」

暁旬が東寺長者・尭雅の居室に召されたのは、十日前であった。

創建より八百年に及ぶ歴史の中で、東寺は幾度となく火災や天災に遭ってきた。中でも文明十八年（一四八六）の大火の被害は甚だしく、被災から百年余りを経ながらも、いまだ金堂や中門、僧房や回廊など再建の目処が立たない伽藍も多い。

豊臣秀吉の命を受け、鴨川東の地でもう十年も新大仏造営勧進役を務めている興山上人は、これまでに東大寺真言院や丹生高野両大明神社などほうぼうの社寺の修造を行ってきた大勧進。尭雅は新大仏完成の暁には、彼に諸堂再建に協力してもらう約束を取り付けているらしいが、勧進を迎える東寺側が普請に不案内では話にならない。

つつがない復興のためにも、誰かが興山上人のもとで作事を学ばねばならぬ、と師僧から告げられ、暁旬の胸は高鳴った。二十名を超える東寺長者従僧の中で、もっとも若い自分が抜擢された事実に、誇らしさすら覚えもした。──それなのに。

「それにしても、こんな普請場で興山上人さまとはくそぐったい。番匠や人足どもはみな、わしを応其さまと呼んでくれるでな。おぬしもさようにしてくれよ」

またも胸前で両手を揉み、応其は忙しく踵を返した。内衆に矢継ぎ早な指示を下しながら歩み去る背には、やはり大勧進の威厳などどこにもうかがわれなかった。

「驚いたか」

胸の裡を読まれた思いで飛び上がった曉旬に、かたわらの理徳院が含み笑った。

「初めて応其さまに会うた人はみな、面食らった顔をする。とはいえ、おぬしもすぐに慣れるだろうよ」

人足が練り土を突き固める築地塀の向こうに顎をしゃくり、理徳院は曉旬をうながして歩き出した。

「理徳院さまは応其さまにお仕えして、長いのですか」

作りかけの塀の向こうには、幅五間（約九メートル）長さ二十間ほどの三階屋が建てられている。理徳院はその三和土で草鞋を解きながら、「そうだな。あのお方が初めて高野山に来られて以来だから、かれこれ二十余年になるな」と応じた。

長棟の一階にはずらりと文机が並べられ、僧侶が七、八人、山のような帳簿を見比べ、忙しく書き物をしている。あちらこちらに放り出された図面の一枚を引っ摑み、傍らの相役と唾を飛ばして激論している者もいた。

「ここは我らの詰所だ。二階から上は小間に分かれており、内衆はみなそこで寝起きしている。おぬしも空いている部屋を勝手に使うがいい」

「はい、ありがとうございます」

「応其さまはなにせ、お忙しいお方だ。分からぬことは、拙僧かあそこにおる遍照院に聞くが

いい。この普請場内の出来事は、おおむねどちらかが把握しているでな」

そう言って理徳院が目で指した先では、三十がらみの痩身の僧侶が片手でがしがしと頭を掻きむしりながら、帳面を繰っている。理徳院の声が聞こえているだろうに、こちらを一瞥もせぬその態度に、曉旬は改めて、これは大変なところに来たと溜息をついた。

「まずは普請場の様子を見おぼえてもらわねばな。空き部屋に荷を置き、辺りをひと巡りして来るとよかろう」

「ありがとうございます。では、そうさせていただきます」

理徳院が案内してくれるのかと思ったが、適当な空き部屋に背の荷を放り込んで駆け戻れば、すでにその姿はない。曉旬は軽く舌打ちをして、三和土に脱ぎ捨てられていた草履をつっかけた。

午ノ刻（昼十二時）間近な作事場には、中食を使う人足を当て込んだ物売りがうろうろし、どこからともなく旨そうな煮炊きの匂いが漂ってくる。見物の衆だろう。腰の曲がった老人とその孫と思しき少年が、物珍しげに四囲を見回しながら大仏殿の方へ歩いていく。その好奇に満ち溢れた姿が、いまの曉旬にはいささか腹立たしく映った。

東寺では廿一口方、学衆方、鎮守八幡宮方といった様々な組織が評定を行い、寺の運営を行う。その上で衆僧は三綱の統率の下、厳しい序列が課せられ、身分の秩序を超えての長者への直答などは決して許されない。それがこの作事場ではどうだ。大勧進たる応其は一介の鍛冶にすら親しく声をかけ、鍛冶の側もそれに応えて憚らない。

（太閤さまは、あんなお人のどこがよくて重用なさっているのやら）

豊太閤秀吉が最初に造寺を発願したのは、今から十四年前。非業の死を遂げた主・織田信長の法要を紫野・大徳寺で盛大に行った後、信長の位牌所を改めて、天正寺なる寺を創建しようとしたのである。その計画が大仏造営に改められ、現在の阿弥陀ヶ峰に移されたのは、秀吉が天下の覇権を掌握し、関白に任ぜられた半年後。その翌々年には、秀吉は諸国に刀狩令を出し、集めた刀脇差は大仏建立の釘鎹に作り替えるため、天下の百姓は来世までも救われようと申し渡したという。

天下を掌握した太閤は、きっと世俗の地位にあきたらず、人々の来世まで支配せんと考えたのだろう。とはいえ物心ついた頃より、都屈指の大寺に起き居する暁旬の眼には、何もかもが真新しく騒がしいこの地は、ひどく軽佻と映る。ただその作事に学び、応其の力を借りなければ、東寺の再興が成らぬのも真実だ。

「どれ、新大仏さまとやらを拝んでくるか」

自分自身に言い聞かせるように、暁旬は声に出した。

通常、仏像は堂舎と並行して作られ、完成後、堂宇に収められる。だが丈六丈(約十八メートル)もの大仏ともなるとそうはいかず、まず露天に大仏を作り、その後、周囲に仏殿を作る。つまり仏殿がほぼ完成している今、本尊たる大仏はとっくに出来上がっている道理だ。

加えて、今回創建される新大仏は、漆喰作り。工期短縮のため、明国から工人を招いて拵えたと仄聞するだけに、すでに堂内荘厳まで済んでいるに違いない。

広大な堂前にはいずれは石が敷き詰められ、美しい前栽が整えられるのだろう。しかし今は普請場内の広場同様、様々な資材が足の踏み場もなく積み上げられ、人足たちが忙し気に走り回っ

ている。

先ほどの老爺と孫が、行き交う男たちを避けながら大仏殿に近づいてゆく。その足が石積の基壇に拵えられた階にかかったとき、「おおい、駄目だ。駄目だぞ」という叫びがして、一人の青年が物陰から飛び出してきた。

派手な縫いの小袖の上に、丁子紋を織りなした羽織を重ね着している。およそ埃っぽい普請場には似つかわしからぬ、傾いた身ごしらえであった。

「大仏さまはまだ造作の途中だ。普請に関わりなき者は、入れんぞ」

そんな、と口を尖らせたのは、老爺の手を引いた少年だった。

「いったいそれは、どういうわけですか。我々は三条大路の宿屋の主から、普請の邪魔にさえならなければ参拝が出来ると聞いてきたのです」

西国訛りのある少年の反論に、青年は「いいや、そりゃ間違いだ」と居丈高に言い放った。

「ただ、どうしてもお姿を拝したいと言うなら、手はあるぞ。六条坊門橋の東袂に、真喜屋という絵屋があってな。その店ではどうしても新大仏さまを拝みたいというお人のために、現在のお姿を描き絵にして売っているぞ。なにせ開眼供養前だけにいささか値は張るが、都の土産にはもってこいでは――」

「こらあッ、また菊千世どのかッ」

雷かと疑うほどの胴間声が、突然、青年の言葉を遮った。驚いて顧みれば、太い眉を吊り上げた理徳院が、裾を乱して大仏殿に向かって駆けてゆく。

阿修羅もかくやのその形相に、菊千世と呼ばれた青年はげっというような声を上げて逃げ出

そうとした。だが理徳院はむずと猿臂を伸ばしてその襟首を摑み、「今度という今度は許しませんぞッ」と怒鳴った。

「またも参拝の衆を阻んだ上、その信心に付け込んで銭を稼ごうとは。今度こそ応其さまにお願いして、紀州に送り返していただきますぞ」

「ちょっ、ちょっとした出来心だよ、理徳院。なあ、見逃してくれよ」

理徳院の剣幕に狼狽したのだろう。少年と老爺は顔を見合わせ、怯えた様子で広場を飛び出してゆく。その後ろ姿に一つ溜息をつき、「なりません」と理徳院はますます声を荒らげた。

「坊門橋袂の絵屋の女主と菊千世どのがいい仲でいらっしゃるぐらい、拙僧とて承知しております。実の孫が新大仏を用いて、女の店を繁盛させていると世に知れれば、応其さまのお名にも傷がつきます」

逃げ出そうと手足をばたつかせる菊千世の襟を摑んだまま、理徳院は曉旬を顧みた。

「ちょうどよかった、曉旬どの。その辺りから縄を二尺（約六十センチメートル）ほど切り取ってきてくだされ」

「待ってくれよ、理徳院。この新大仏さまのご普請じゃ、お祖父さまだって大枚の銭を太閤さまからお預かりし、そのうちの何分かは自分の懐に入れていなさるんだ。普請役の大名衆がそれを指し、お祖父さまを蠅の応其と呼んでいることは、あんただって承知だろう？　だったら俺が小銭を稼いだからって怒られるのは、道理に合わないじゃないか」

「応其さまの蓄財は、今後始まる他寺の再興のため。菊千世どのの如く、遊び惚けるための銭ではありませんッ」

顔じゅうを口にして怒鳴り、理徳院は曉旬が恐る恐る差し出した縄をひったくった。菊千世を手早く後ろ手に縛り上げ、肩を小突いて歩き出した。

三十を過ぎて出家した応其には、俗世に置いて行った妻子がいたのだろう。この菊千世はその子が生した孫に違いない。

二人の後を追って先ほどの長棟まで来れば、折しも応其が上がり框に腰をかけ、草鞋を脱ごうとしている。理徳院はその足元に、縄をかけたままの菊千世を突き飛ばした。あわてて飛び退く他の内衆には目もくれず、

「応其さま。また菊千世どのが、悪だくみを働かれましたぞ」

と怒りを押し殺した声で告げた。

「ふむ。今度はなにをしよった」

爪先を揺らして草鞋を蹴り離し、応其は驚いた風もなく菊千世と理徳院を見比べた。

「新大仏さまを拝もうとする旅の衆を押しとどめ、例の娘が営む絵屋の絵を売りつけようとなさいました」

「ほう。それはまた商才があるな」

あまりに暢気な呟きに、理徳院の眉尻が跳ね上がる。応其はそれを面白そうに見やると、

「まあ、確かに褒められた話ではないわなあ。前回は新大仏さまを拝もうとする旅人に、法外な案内料をふっかけよったしな」

と付け加えた。

「とはいえ、理徳院。我らの第一の務めは、新大仏さまの造作。それを妨げたわけでない以上、

さほど目くじらを立てずともよかろう。それに菊千世が新大仏さまを用いて悪だくみを働けるの
も、もはやこれで最後じゃ。新大仏さまの開眼供養日が、遂に再来月と定まったでな」

えっという驚きの声を上げたのは、理徳院だけではない。彼らを取り囲んでいた内衆や三和土
の菊千世、更には長室の奥で相変わらず頭を掻きむしっていた遍照院までが、一斉に応其の面上
に目をやった。

「そ、それは本当でございますか」

声をわななかせる理徳院に、応其はにやりと笑った。

「おお。先ほど大仏方・堂舎方の棟梁どもと相談を打ち、あとひと月余りで間違いなく大仏
殿・大仏さまともに完成するとの見通しが立ったのじゃ。初めてこの地に基壇を築いてから、す
でに八年。まったく、長きに亘る作事であったのう」

「おめでとうございます、という声が内衆の間から沸き起こる。それに鷹揚にうなずいてから、

応其は足元に転がされたままの菊千世を抱き起こした。

「そういうわけじゃで、菊千世。おぬしの小銭稼ぎも、この辺りでおしまいにしろよ。だいたい
おぬし、父母には学問をすると申して、わしを頼ってきたのじゃろうが」

「学問はするだけはしたさ。けどどうしても、それで身を立てる気になれないだけだよ」

「ならばいっそ、絵屋に婿入りするのも悪くあるまい。お伊予とか申したか。早くに父母を亡く
し、一人で店を切り盛りしておる感心な娘だそうではないか。開眼会が済めば、わしはこの普請
場を畳んで東寺に参る。それまでによく考えておけよ」

応其に縛めを解かれるや、菊千世はちっと舌打ちをして立ち上がった。考えておくさ、と言い

捨てて、後も見ずに長棟を飛び出して行った。

「さあて、これからは普請と合わせて、大仏供養の支度にも取り掛からねばならぬ。ますます忙しくなるぞ。覚悟しておけよ」

嬉し気に両手を揉むその動きが、誇らしげな顔とは裏腹にひどく卑しく、曉旬には感じられた。

いざ内衆に交じって寝起きを始めれば、新大仏作事場の日々は曉旬の理解をはるかに超えることだらけであった。

長棟には棟梁や肝煎（副棟梁）が日夜を問わず出入りし、時には応其と膝を連ねて飯を食っていく。その一方で応其が普請役の諸大名の屋敷に自ら足を運び、御米や作料（人件費）を荷車に積んで受け取って来ることもあった。

平の大工や人足が長棟を訪うことは、さすがにない。しかし応其は働きのよい番匠・人足の顔はちゃんと見おぼえているらしく、普請場で行き会えば親しく声をかけ、息災かと問うのであった。

菊千世はあれから後も普請場をうろつき回り、人足に交じって賽子を振ったり、物売りの娘をからかったりしてふらふらと日を過ごしている。それでいて夕刻には決まって鴨河原へと続く坂を下っていくのは、恋人が暮らす絵屋をねぐらにしているためだ。

上人と呼ばれるほどの僧侶が自ら銭を手にすることも信じられなければ、放蕩者の孫の出入りを許していることも信じられない。

いや、それ以前に、幾ら天下一の権勢者が相手とはいえ、高野山を代表する高僧がもう十年も秀吉の言うがままに働いていること自体が、そもそも奇妙ではないか。寺院とは本来、世俗の埒（らち）外の存在のはずなのに。

「そりゃあ、うちの大勧進さまは蠅の応其と呼ばれるほどのお人だからな。愛想のよさでは右に出る者はおらんさ」

ある夜、深更過ぎの長室で、大仏開眼供養の日程を諸大名に告げ知らせる触状を書きながら、理徳院は曉旬にそう囁（ささや）いた。

曉旬が不審を目に走らせたのに気づいたのか、理徳院は握りしめていた筆を硯（すずり）に戻した。胸の前で素速く、両手を揉み合わせた。

「それ、応其さまは事あるごとにこうやって、手もみをなさるだろう。それが蠅が手を擦るしぐさに似ているため、普請役の大名衆が最初にそう仇名をつけられたのだ」

それは一介の高野山僧でありながら、太閤の信頼を受け、新大仏（みうち）の作事を一手に任された応其への嫉妬（しっと）から生まれた蔑称だろう。しかしその言葉を応其の御内（みうち）である理徳院が口にしたことに、曉旬は少なからず驚いた。

高野山内には法会祈禱や学問を専らとする学侶（ほうえ）と、堂塔や資財の管理を役目とする行人（ぎょうにん）の二つの集団があると聞く。そして作事に関わっている以上、理徳院や遍照院といった内衆たちは、みな行人の出のはずだ。

他国から高野山に入寺した応其は、本来、学侶・行人どちらにも属さぬ客僧。だが応其はそれにもかかわらず、秀吉から高野山全山の束ねを申し付けられ、

──高野の木食と存ずべからず。木食が高野と存ずべし旨、各衆僧に申し聞かすべき
との言葉まで賜ったという。

（そういえば高野山では先だって、寺内の制度が改められたと尭雅さまが仰っていたな）

それまで高野山では東寺同様に、年預・大集会・五番衆といった僧侶の集団がそれぞれ会議
を行い、寺内の運営を図っていた。さりながら数年前、高野山は突如これを改め、寺内十ケ院か
ら成る集儀衆を制定。山内の事項は、すべてこの集儀衆により定められるようになったはずだ。

衆僧の評定によって寺内運営を図るのは、各寺の古よりの習い。それがたった十院による簡略
な会議のみによって運営されるようになるとは、寺の自治が奪われることと同義である。現在の
高野山においては、そんな改革は当然、応其の力なくしては行い得ず、行人たちが内心、彼に反
発を抱いていても何の不思議もない。むしろそんな内衆たちをまとめて、よくもこれまで作事を
続けてきたものだと、暁旬はほとほと感じ入った。

（蠅か──）

初めて六条坊門橋を渡った際に聞いた喧騒を、暁旬は思い出した。もはや普請場の騒々しさに
慣れた耳には、虫の羽音そっくりの喧騒は感じ取れない。だが腐肉や汚物にたかり、懸命に手を
擦る蠅の姿は、内衆や大名たちの悪意の中で作事に勤しむ応其のそれに、なるほどひどく近い気
がした。

「ああ、それにしても暑いな。いったい、今、何刻だ」

額に滲んだ汗を袖の端で拭い、理徳院はふうと肩で大きな息をついた。

「さあ。よく分かりませんが、とっくに子の刻（夜十二時）は過ぎたかと。この分では、夜が白

み始めても、すべての触状は書き終わりませんね」

広い長棟の中は闇に沈み、文机を向い合せた曉旬と理徳院の手許だけが、灯明の明かりにぼうっと明るんでいる。

太閤の威信をかけた大作事だけに、八月十八日の大仏開眼の折は、開眼師は天台、導師は法相、咒願師は真言の各宗から招聘することと定まっている。列席者は、大名だけで五十余名。公卿や各社寺の衆を含めれば、未曾有の大法会となることは間違いない。

「しかたがない。残りの触状は、明朝、遍照院に手伝ってもらうとして、今夜はそろそろ休むか」

理徳院が早くも筆を置き、ふわあ、と大きなあくびをした。

「いいのですか」

「ああ。あ奴は筆が早いからな」

硯箱を閉じ、理徳院が手許の灯明を摘み消そうとしたその時である。まるで伸ばされた指を拒むかのように、灯火がふわりと揺らめいた。

え、と曉旬が目を瞬かせたのと、尻の下に激しい衝撃が走ったのはほぼ同時。一瞬遅れて目の前の文机が跳ね上がり、蓋をしたばかりの硯箱が真っ黒な墨を吹き散らして、壁に向かって吹っ飛んだ。

「じ、地震だッ」

悲鳴を上げて立ち上がろうとした理徳院が、何者かに足をひっぱられたかのようにその場に倒れ込む。目の前の板壁が激しい軋みとともに振動し、ばらばらと黒い埃が雨のように目の前に舞

い落ちてきた。うわああッという叫びが階上で響いたのは、すでに休んでいる内衆のものだろう。

逃げねば、と思うのに、床はまるで荒ぶる波のように蠢動し、這うことすらままならない。

それでも目の前に落ちてきた灯明の火を、力任せに手のひらで叩き消した。完成間近な作場で火を出してはならぬとの思いが、咄嗟に頭をよぎったからだった。

壁際に並んでいた棚が轟音とともに倒れ、閉め切っていたはずの板戸が勝手に開く。声にならぬ叫びが口をつき、曉旬はかたわらの理徳院とひしと手を取り合った。

そうしてどれだけの間、揺れる床に突っ伏していたのだろう。あたりが静まり返った気がして顔を上げれば、顔を蒼白に変じた内衆たちが奥の梯子段を次々降りてくるところであった。

「とにかく外じゃ。みな、外に出ろ」

応其の怒声に背を叩かれ、裸足のまま駆け出せば、中天には満に二、三日足りぬ月がかかり、白々とした月影を境内に降りこぼしている。先ほどの大地の鳴動が嘘の如き静謐な光に、曉旬は狐につままれた気分で四囲を見回した。

だが夢を見たわけではない証拠に、長棟の前にそびえていた築地塀はばったりと倒れ、夜目にも白い土埃が辺りに濛々と満ちている。そこここで木材や俵が崩れ、寝小屋から褌一つで飛び出してきた人足たちが、恐ろしげに身を寄せ合っていた。

「みな、無事か。怪我をしている者はおらぬか。――うわッ」

応其の点呼を妨げるように、またも地面が大きくうねる。今度は立っていられぬほどの揺れではなかったが、それでも内衆の中にはひええっと悲鳴を上げて、その場に突っ伏す者もいた。

「この分では、まだまだ揺れは続こうな。今夜は屋内に入らぬほうがよさそうじゃ」

応其はそう呟いて、土煙に覆われた大仏殿に目を据えた。

「堂内の様子が案じられはするが、遠望する限り大仏殿は無為（無事）。されば大仏さまにも、さしたる被害は出ておるまい。下手に松明を灯して堂宇に踏み入り、火なぞ出しては太閤さまに申し訳が立たぬ。まずは手分けして作事場を見回り、日が昇り次第、各堂内を改めるとしよう」

そうこうする間にも、地面はしきりにうなりを立てて揺れ、その都度、普請場のそここから何かが崩れる音が響く。斜の果て、坊門橋の袂付近や洛中の方角に小さな炎が二つ三つと揺らめき、あっという間に黒々たる煙が空を焦がし始めたのは、倒壊した家屋から火が出たためだろう。

（そうだ、東寺は――）

東寺の堂宇の中には、築造から百年を超えた伽藍も数多い。激しい不安を覚え、曉旬が夜陰の果てに目をこらした時、

「お、お祖父さま。お祖父さまッ」

という絶叫とともに、夜着の裾を尻っぱしょりした菊千世が坂を駆け上がってきた。

「お、お伊予が家の下敷きになっちまったんだ。人足か番匠たちを貸してくれよ」

「なんだと」

応其は深い皺の刻まれた顔を、はっとひきしめた。だがすぐに強く唇を引き結ぶと、「いや、それは出来ぬ」と小さく首を横に振った。

「この作事場の人手はみな、新大仏さまを作り奉るためのもの。まだ揺れも続き、普請場内の見

回りに手を尽くさねばならぬ今、他所の人助けに手は貸せん」

「なんだって。お伊予はまだ、生きているんだぞ。今のうちに助け出さなきゃ、隣家から出た火が移っちまう。お祖父さまはそれを見殺しにしろっていうのかい」

「死なせたくて死なせるわけではない。されど、わしはこの寺の大勧進じゃ。太閤さまのご下命を受け、大仏さまを作り奉るのが役目である以上、いつまた激しい揺れが来るか分からぬ中、寺外の人助けに手は貸せん」

「ち、畜生ッ」

菊千世は燃えるような目で、応其を睨み据えた。

「それでも、お祖父さまは坊主なのかい。この野郎ッ」

と叫ぶや、両手を振り回して、元来た坂を駆け下って行った。

暗がりにみるみる溶け入るその背と応其を見比べ、理徳院が「よろしいのですか」と低く問う。

「しかたがなかろう。我らが第一に守るべきは、太閤さま御願の御寺じゃ」

と応じて、応其はまだまだ白む気配のない夜空に目を据えた。

「それにしても、先ほどの揺れは酷かったな。太閤さまもさぞかし、新大仏さまに恙ないか案じておられよう。理徳院、おぬし、急いで伏見に下り、当寺の無事をお知らせして参れ」

かしこまりました、と低頭して、理徳院が立ち上がる。ありあう草鞋と脛巾で足ごしらえすると、菊千世を追うかのように斜を降りて行った。

しかしながら応其の予想とは裏腹に、夜明けを待って扉を開いた大仏殿内は、およそ無事とは

程遠い惨状であった。

「これは――」

　先頭を切って仏堂に飛び込んだ応其が絶句したのも、無理はない。高さ六丈を超える大仏は無残に傾き、与願印を結んだ左手は肘から折れて、床に叩き付けられている。御像の額といわず、体軀（たいく）といわず、全身に走った巨大な輝（ひび）に、曉旬は夜空を焦がしていた黒煙を想起した。

　新大仏は漆喰作り。表面に黒漆を塗り、金箔を施しているだけに、鋳造仏（ちゅうぞうぶつ）より衝撃に弱いのは仕方がない。しかし夜が明けるのを待って改めた大仏殿にもなんの被害もないというのに、大仏だけが無残に大破するとは不条理にもほどがある。

　よく目を凝らせば、御像の背後に立てられている後光（光背）（こうはい）はわずかな欠けもなく、無事。だが左手を失い、そこここに亀裂を走らせた大仏の無残さの前には、金蒔絵（きんまきえ）を施された後光の輝きは、むしろ侘しさしか感じさせなかった。

「ち、畜生。なぜじゃ、なぜ仏殿はこれっぽっちも損なわれておらぬと申すに、御像だけがこのような――」

　獣の咆哮（ほうこう）に似た呻きを上げ、応其はその場に膝をついた。床じゅうに散った大仏の左手指を這いつくばるようにしてかき集めるや、「扉を、扉を閉ざせッ」と吼え立てた。

「それに、作事場から畳表を持って来い。御像を包み奉るのじゃ」

　顧みれば、大きく開け放たれた大仏殿の戸口には番匠や人足がひしめき、傾いた大仏に好奇の目を向けている。

「聞こえなんだのか。扉を閉ざせッ。御像をこれ以上、人目にさらしてなるものかッ」

血を吐くに似たその絶叫に、暁旬は弾かれたように大仏殿の入り口に走った。獅子を厚く彫り成した桟唐戸に手をかけると、抗議の声を上げる番匠たちを力任せに締め出した。

応其はそれを一顧だにせぬまま、痩せた背を激しく波打たせ、冷たい石敷きの床に突っ伏している。それを遠巻きにする内衆たちの影が、辺りに長く伸びていた。

夕刻、普請場に戻ってきた理徳院によれば、伏見城の被害は新大仏作事場の比ではなく、大天守から御城御門、各櫓は大半が倒壊……無事な殿舎を探す方が難しく、白み始めた空に怪我人たちの呻きがこだまする様は、まさに地獄もかくやと思われたという。

「幸い、太閤さまはご無事でいらっしゃいましたが、ご家来衆の死者は数え切れぬご様子……お城下でもそここここの大名屋敷の長倉や屋形が幾棟も崩れ、あちこちの道がふさがってしまっておりました」

ご禁裏では御車寄とその近隣の長廊が倒壊し、主上は南庭に動座。また洛中の諸寺のうち、被害を受けなかった寺は一ヵ寺とてなく、ことに東寺は食堂・講堂・灌頂院などの諸伽藍を筆頭に、四囲の築地までが倒れたとの知らせに、応其は「そうか」と肩を落とした。

「太閤さまのお住まいまで顚倒したことを思えば、大仏さまが崩れただけで済んだのは、まだ幸いだったのかもしれんな」

とはいえ、それが心の底からの思いでないことは、応其の暗鬱な面を見れば一目瞭然であった。

肝心要の大仏が大破した以上、大仏供養は延引するしかない。幸い、普請場内には死人こそ出

なかったが、内衆たちの暮らす長棟を筆頭に、傾き、半壊した仮屋は数知れない。水脈が変わっ
たのか、井戸の水が涸れ、人足たちがぜえぜえと息を切らせながら鴨川まで水を汲みに行く姿
が、そこここで散見された。

「伏見の御城では、五百人ものお女中が長屋の下敷になって亡くなったそうだ」

「洛中洛外から運ばれてきた死骸のせいで、鳥辺野はいま焼いても焼いても骸が尽きず、五条
坂あたりまで死体が積み上げられておるんだと」

そんな不穏な囁きが飛び交う作事場の中を、曉旬は理徳院に命じられるまま、地震の後片付け
に奔走した。

半日だけ暇をもらって戻った東寺は、崩れた堂宇が九条大路から丸見えとなり、まるで裸身一
つで天下の往来に放り出されたかのような無残な有様であった。幸い、寺内に出火はなく、曉雅
はかろうじて残った御影堂に座を移していた。

「まあ、どのみち、中門や金堂は再建せねばならなんだのだ。建て直す堂宇が少し増えただけと
思えば諦めもつく。新大仏さまも大変なことになったと仄聞するが、こうなれば一日も早くかの
地の作事を終わらせ、この寺に興山上人さまをお連れしてくれよ」

目通りを願い出た曉旬に、曉雅はそうほろ苦く笑い、こちらのことは案じるな、と付け加え
た。

とはいえ新大仏の損傷が明らかになって以来、作事場には暗鬱な気配が漂い、人足たちの口数
も驚くほど減った。それでも応其だけは仮屋の修繕に励む彼らの間を駆けまわり、懸命な激励を
続けているが、抜けるような青空にこだまするその声は、かえって普請場の者たちの落胆を際立

たせるばかりであった。

崩れた大仏をどう修繕するのか。番匠たちはあれこれ知恵を絞っているが、なにせ全体に輝きが入っている以上、修復には莫大な日数がかかる。ひと月、ふた月と日が経っても、なおも小さな地震が続く中、そもそも同じ工法で大仏を作り直すのは正しいのか。新たに築造された長棟に番匠たちが寄り集まり、応其や遍照院とともに図面を前に鳩首（きゅうしゅ）する姿が、毎夜、見かけられた。

「おい、明朝からは手の空いた者はみな、鋤鍬（すきくわ）を持って大仏殿に行け。大仏さまを破却すると定まったからな」

前日から伏見に呼び召されていた応其が、長棟に戻るなり居丈高にそう命じたのは、地震から五ヵ月後。年の瀬も押し迫った、師走（しわす）の末であった。

まだ日没までは相当の間があるにもかかわらず、開け放たれたままの板戸の向こうに見える作事場は、もはや日暮れかと疑うほどに薄暗い。身を切るような寒風に乗って、白いものが長棟の三和土（たたき）にまで吹き込んでいた。

「破却、破却でございますと」

思わず声を上げた曉旬に、「おお」と応其はぶっきらぼうに首肯した。

この数ヵ月、応其の眼の下には常に深い隈が浮かび、心なしか肩までが薄くなった。蓑（みの）を脱ぎ捨て、寒そうに揉み手を繰り返しながら、「太閤さまのご下命じゃ」と付け加えた。

「ただ、壊すだけではないぞ。その後、信濃国善光寺（しなのぜんこうじ）のご本尊たる如来（にょらい）さまを、大仏殿にお移しすることになったでな」

とっさに何を言われたのか理解できず、曉旬は内衆たちと顔を見合わせた。そんな中で真っ先

に、「つまり、大仏造像をもはや諦め、善光寺の如来さまを当寺本尊となすのでございますか」と硬い声音で問うたのは、理徳院であった。

「おお、その通りじゃ。なんでも数日前より太閤さまの夢の中に、善光寺の如来さまが相次いでお立ちになられたそうでな。ついに一昨日の夜には、東山・阿弥陀ケ峰の麓に行きたいと、はっきり仰せられたそうじゃ」

理徳院の眉間に、深い皺が寄る。応其はそれには知らぬ顔で、「太閤さまご自身が、霊夢に従うことにしたいと仰ったのじゃ」と続けた。

「この十年、大仏さまのために働いてきたおぬしらには、様々な異論があろうとは承知しておる。されど太閤さまのご下命とあれば、従うしかなかろうが」

善光寺本尊である阿弥陀如来像は、釈迦が在世の折、天竺（インド）毘舎離国の長者であった月蓋のもとに現出した阿弥陀如来・観音菩薩・勢至菩薩の三仏を金銅で鋳出したと伝えられる一光三尊の阿弥陀仏。百済を経て、日本に渡来した後、推古天皇十年（六〇二）、摂津国難波津から信濃国に安置されたとの伝承を有する。

三国伝来というたぐい稀なる縁起のため、この如来像は古来、多くの貴賤の信仰を集めており、永禄元年（一五五八）には、甲斐国の名将・武田信玄の命令により信濃国から甲斐に動座。信玄の没後、美濃国に運ばれたこともあったが、その後、再度、甲斐に戻されていた。

「甲斐は山深き国。ご動座は雪が解け切った、来春以降になろう。それまでの間に大仏殿内をすっかり清め、つつがないご動座に備えるぞ」

「お待ちください、応其さま。いかに太閤さまの仰せとはいえ、こうも易々とご本尊を入れ替え

るのは、さすがに道理に合いますまい。応其さまには新大仏さま勧進の意地はおおありではないのですか」

理徳院がたまりかねた面もちで、応其にひと膝、詰め寄った。

「だいたい、善光寺如来さまは丈一尺三寸（約三十六センチメートル）。かように小さなご本尊を据えるには、あの大仏殿は大きすぎましょう」

壮麗な中門、長い築地塀もすべては丈六丈余りの巨大な大仏を華々しく荘厳せんがための造作。十年もの歳月を費やしてきた作事の本尊を、今更、遠方の他寺から招聘した外仏に替えては棟梁たちも得心すまい、と理徳院は怒りを押し殺した声で畳みかけた。

「──理徳院。おぬし、太閤さまのご下命に背くつもりか」

理徳院は唇を引き結んで、いいえ、と首を横に振った。

「太閤さまに対して、違背の念なぞ抱いてはおりません。されどそのご下命を唯々諾々（いいだくだく）と受けて来られた応其さまには、到底、従いかねましてございます」

「なんじゃと」

「お考え直しください、応其さま。そなたさまは今や、高野全山を担う御身。それが太閤さまのご下命に容易に従うとは、高野山の名に傷をつける行いでもあるのですぞ」

かつて豊臣秀吉が高野山を攻めた折、高野山は武具の放棄と謀反悪逆人放逐、更には仏事専念を誓うことで、かろうじて寺としての存続を認められた。武力を失い、骨抜きにされた高野山にとって、応其を大勧進とする新寺の造営は一山を挙げての作事。その本尊を気まぐれに替えることは、自分たちのこれまでの精進を踏みにじるも同様だ、と語る理徳院に、周囲の内衆たちが堅

い顔で、「そ、その通りでございます」と賛同した。

「ここで善光寺の如来をご動座するのであれば、最初からそのように作事を進めればよかったのではありませんか」

「まったくでございます。太閤さまはこれほどの行人が御山（高野山）から遣わされている事実を、どうお考えなのでございます。どうしても本尊を挿げ替えたいと仰せであれば、いっそ高野のお山からふさわしき御像を招聘すればいいものを」

応其はしばらくの間、眉の端を釣り上げたまま、ぎょろりとした目を宙に据えていた。だが突然、「うーーうるさいッ。黙れ、黙れッ」と喚くと、床を踏み鳴らしてその場に跳ね立った。

「黙っていれば、好き勝手をぬかしよってッ。現在、高野山の預りを命じられておるのは、他ならぬわしじゃぞ。そのわしが太閤さまのご下命に従うと申しておるのじゃ。たかが行人の身で、つべこべぬかすなッ」

「たかが行人でございますと」

内衆たちの顔から、申し合わせたように血の気が引く。応其は胸の前でいらいらと手をもみしだきながら、「おお」と大きくうなずいた。

「十一年前、わしが和議の使者に立っておらなんだら、今頃、高野は根来や粉河同様に火を放たれ、堂舎の一字も残らぬ有様であったじゃろうよ。わしのおかげで今日まで命永らえながら、つべこべ申すでないッ」

わしのやり方に異のある者はさっさと去れ、と吐き捨て、応其は激しく肩を上下させた。おぬし

「されどその折は、わしではなく太閤さまの怒りを買うものとよくよく承知しておけよ。おぬし

らも存じておる通り、太閤さまは気短なお方じゃ。ましてやここのところ、お体の工合がすぐれ

ず、ご勘気甚だしき折、どんな目に遭おうとも覚悟は出来ておるのじゃろうな」

年が明ければ六十一歳になる秀吉が、時折、癇癪を爆発させることは、都人たちには周知の

事実である。昨年の秋には、関白職を譲った甥の秀次に切腹を命じたばかりか、その妻妾子女約

四十名を三条河原で処刑した件も、いまだ人々の記憶に新しい。

理徳院は大きな唇をぐいと嚙みしめ、応其を睨みつけた。その背後に居並んでいた内衆が、一

人また一人と居心地悪げに肩をすくめ、こそこそと長棟を出て行く。

わなわなと眉の端を震わせながら、理徳院はそんな同輩の背に眼を走らせた。だがやがて大き

く肩で一つ息をつき、「わかりました」と声をかすれさせた。

「太閤さまのご気性を思えば、確かに拙僧が浅慮でございました。どうぞお許しください」

「わ、わかったなら、それでよいわい」

唇の端にこびりついた唾を手の甲で拭い、応其は踵を返した。

「お待ちください。一つだけ、お伝えせねばならぬことがございます。菊千世どのの件でござい

ます」

なに、と呟いて、応其が足を止める。理徳院は氷を含んだかのような冷たい音吐で、「実は昨

夜、菊千世どのがこっそり拙僧を訪ねて来られましてな。これより都を離れるとの仰せでござい

ました」と続けた。

五ヵ月前の地震の夜以来、作事場で菊千世の姿を目にすることはぱたりと絶えていた。六条坊

門橋袂の絵屋は、近隣の家々ともども火災に見舞われ、主である娘も行方知れずになっていただ

けに、内心、孫の去就を案じていたのだろう。応其は「あ奴、生きておったのか」と安堵の息をついた。

「はい。ですが菊千世どのは、金輪際、応其さまを血のつながった祖父とは思わぬ。苦しんでいる者ひとりすら救えぬのであれば、なんのための造寺だと仰せでございました」

応其の唇が、なに、と言葉にならぬ声を漏らす。震える拳を強く握り締め、応其は感情のうかがわれぬ面の理徳院に背を向けた。

「さようか……さようか」

と繰り返しながら、草履をつっかけるその背は、吹きすさぶ寒風に散らされそうなほど薄っぺらい。忙しく揉みしだかれる掌の白さが、曉旬の眼をひどく鮮明に射た。

年が明け、吹く風が日ごとに温み始めるにつれ、作事場は善光寺阿弥陀如来を迎える支度で慌ただしくなった。

崩壊した新大仏は綺麗さっぱり取り払われ、後には幅三丈もある基壇が残るばかりである。だがこれほど大きな大仏殿と基壇では、丈の小さな如来像はつり合いが悪い。このため番匠たちは急ぎ如来像を納める宝塔を拵えたり、堂内に下げる幡（院の荘厳に用いる布）を瀟洒なものに作り直し、大仏殿を如来堂へと改めるべく奔走していた。

理徳院を始めとする内衆たちは、表向きは応其の下知に従い、応其もまたいつぞやの怒りを忘れ去ったような面持ちで日々、作事に邁進している。だがそれが偽りの平穏に過ぎぬ証には、いつしか作事場を歩き回る応其に従う内衆は、かつての半分ほどに減っていた。

番匠や人足たちもまた、内衆と応其の間に吹き始めた隙間風を敏感に感じ取ったのだろう。普請に関する相談ごとが生じると、まず理徳院や遍照院に話を持ち掛ける。そして応其もまたそんな作事場に背を向けるかのように、次第に堂宇の普請よりも甲斐国からの阿弥陀如来像動座の支度に傾注するようになった。

「おい、曉旬。おぬし、東寺までひとっ走り出かけてな。長者さまに、如来さまご入京の際、大津までお出かけ願いたいとお伝えしてきてくれ。当日は大覚寺や三宝院、聖護院といった御門跡衆も、お出迎えくださる予定になっておるでな」

「おい、高野山に送る文を記してくれ。当日は学侶衆も阿弥陀ヶ峰までの行粧に加われとの、太閤さまのご下命じゃでな」

そんな中で、応其が事あるごとに曉旬に用を言い付けるようになったのは、ある意味、当然の成り行きであった。

内衆にとってもまた、高野山内の抗争に関わりのない曉旬の存在は、ありがたいものだったのだろう。夏が過ぎ、阿弥陀如来像が甲斐国を発ったとの知らせがもたらされる頃には、曉旬はあたかも応其の従僧の如く、日々、洛中洛外を走り回るようになっていた。

甲斐国から近江国大津までは全十一区に分けられ、路次中の諸大名の延べ十七人が護送の任に当たる。徴発される人足は総計五百名、伝馬は二百三十余頭を数え、御厨子を載せた輿には楽人が従うことまでが、秀吉直々に命じられている。

加えて大津では天台・真言両宗の僧侶を筆頭に、洛中の主だった大寺の門跡・役僧の出迎えが命じられている。如来像入京の日が近づくにつれ、曉旬はその宿の支度や往還の手配などのた

め、寝食を忘れて奔走するようになった。

内衆はそんな曉旬を遠巻きにし、理徳院ですら親しく言葉をかけてくることは滅多にない。だがほとんど彼らと言葉を交わさずに済む多忙が、いまの曉旬にはありがたくすらあった。

日夜その傍に近侍し、用事を弁じるうちに、曉旬はいつしか応其の粗野や蠅を思わせる卑近な態度が気にならなくなっていた。むしろ、客僧であった応其を降伏の使いとして利用しておきながら、彼が太閤の寵愛を受けるようになると、面従腹背してその言動を腐す内衆たちに対し、腹立ちすら覚えるようになっていた。

作事場から洛中に向かう際には、必ず六条坊門の橋を渡らねばならない。そんな折、応其は必ず東袂で足を止め、軽く両手を合わせて短く経を呟く。

それがかつて見殺しにした絵屋の女主に手向けたものか、それとも行方知れずとなった菊千世の無事を願っての行為かは分からない。しかし蠅の手擦りそっくりに、ごそごそと不器用に両手を合わせる姿の哀れさに、曉旬は「哀れなお方なのだ」と胸の中でひとりごちずにはいられなかった。

往古、諸国の寺院は天皇を始めとする様々な権勢者を後ろ盾に、荘園を持ち、武具を有して自らの寺を守った。しかし高野山や東寺、根来寺、本願寺といった大寺院は、戦乱の世の中であいは壊滅の危機に瀕し、あるいは力あるものに寄り添うことで、かろうじてその法灯を守り続けている。

応其はただ高野山を守らんとして、秀吉の意に従う道を選んだのだろう。それが私利私欲ゆえでないことは、この十年間の作事からも明らかだ。

だがかつての大寺の栄光を忘れられぬ者たちは、秀吉に従う応其に一目措く一方で、その従順さを侮ってやまない。古き世と新しき世。暁旬の眼には、この猫背の老僧が二つの世の狭間で板挟みになっているかのように感じられた。

善光寺如来入京の日は、早朝から低い雲が垂れ込め、時雨交じりの風が時折吹きすぎる生憎の天気となった。

前日、近江と山城の国境である逢坂山に至った如来像は、いったん近隣の寺に安置され、そこで一夜を過ごした。日の出とともに金襴で飾られた輿に移し替えられ、洛中洛外諸寺の高僧たちを従えて入洛するとの噂に、普段静かな山科郷には払暁から大勢の見物人が押し寄せ、街道沿いは立錐の余地もない賑わいとなった。

大津を領国とする大名・京極高次があわてて手勢を出し、警備に当たらせたが、あまりの人の多さに沿道は混雑するばかり。「前に出るなッ。下がれ、下がれッ」という足軽たちの絶叫が、刻々と色を変える朝空に響き渡っていた。

大津宰相ともども如来像入京の奉行を仰せつけられた応其は、まだ薄暗いうちから美々しい袈裟に身を固め、街道の一角、逢坂山を間近に仰ぐ辻に設えられた桟敷に座を占めている。しきりに手揉みを繰り返す応其の背後に控え、沿道にひしめく人波をぼんやり眺めていた暁旬は、おやと眼を細めて腰を浮かせた。

辺りはすでにすっかり白んだが、御像が逢坂山を出立するまでは、まだ四半刻（約三十分）ほど間がある。暁旬はこっそりと桟敷から降りると、色とりどりの小袖や羽織をまとった群衆の間をかき分けた。かつての傾きぶりが嘘のように薄汚れた括り袴姿の男の腕を摑み、

「菊千世どの。菊千世どのでございましょう」

と押し殺した声を投げた。

びくっと身体を揺らして振り返ったその顔は垢にまみれ、頬が鋭くこけている。鼻先に微かな異臭が漂ってくるのも、決して気のせいではなさそうだ。足元に置いていた背負い籠を引っ摑んで逃げ出そうとする肩を力任せに押さえつけ、「応其さまが案じておいででございますぞ」と曉旬は声を低めた。

「あ、あんな爺。どうなろうと知ったものかよ」

もみ合う二人の姿に、周囲の見物人たちが薄気味悪げに一歩後じさる。すると菊千世はその気配を敏感に感じた様子で、「わかった。わかったから、手を放せよ。見物の衆にも悪いだろうが」と曉旬を睨みつけた。

「ただ、もうすぐ如来さまのお通りだ。話があるなら、このまま立って話で済ませてくれよな」

その間にも人垣はどんどん厚くなり、ぼんやりしていると後ろへと弾き飛ばされそうになる。しかし菊千世はぐいと足を踏ん張り、前後左右からどれだけ身体を押されようとも、一歩もその場を動こうとしない。その頑なな挙動に、曉旬は目をしばたたいた。

新大仏作事場に出入りしている頃、菊千世は神仏への崇敬心なぞまったく持ち合わせぬ不埒者と映った。それが何故こんな早朝から街道に立ち、如来像を待ち構えているのか。

「菊千世どの、そなたさまは——」

曉旬の言葉を遮るように、街道の東の果てで怒号が響いた。一瞬遅れて、人垣がうわあっといろ悲鳴とともに大きく波打った。

「胡乱な輩だッ。捕えろッ」

喚き叫ぶ足軽たちを突き飛ばし、背負い籠を担った二人の男が人波のただなかから飛び出してきた。あわてて道を開ける野次馬たちの間を走りすぎようとして、そのうちの一方が泥濘に足を取られて転倒する。追いすがった足軽たちがそこに組み付き、暴れる彼を力ずくで抑え込んだ。

「放セッ。放せ、この野郎ッ」

男が暴れるのに合わせて、背中の籠から縄や筵が転がり出る。もう一人の男は捕えられた仲間をはっと顧みたが、すぐに唇を引き結んで、再び脱兎の勢いで駆け出した。

その背に担われた籠には、見覚えがある。大きさといい形といい、たった今、菊千世が足元に置いているものと同じだ。

曉旬はがばとその場にしゃがみこむと、菊千世の籠に手をつっこんだ。まさに今、目の前の街道に飛び散っているのと同じ品々がそこに納められているのを認め、菊千世の肩を引っ摑んだ。

「これはいったい、どういうわけでございます」

幸い、四囲の群衆は突如始まった捕り物に目を奪われている。顔を青ざめさせた菊千世の肩を、曉旬はがくがくと揺さぶった。

すると菊千世はまっすぐに正面を見詰めたまま、「しっ、頼むから、静かにしてくれよ」と唇だけで呟いた。

「いま騒ぎ立てられちゃあ、俺まで捕えられちまう。文句はあとから幾らでも聞く。だから今は知らん顔をしてくれ」

足軽に押さえつけられた男は、すでに後ろ手に縄を打たれ、どこかに引っ立てられようとして

いる。その捕り物沙汰と菊千世の横顔を交互に見やり、「わかりました」と曉旬はうなずいた。

「ではとりあえず、ここを離れると致しましょう。拙僧と二人連れであれば、怪しまれはしますまい」

よし、と応じるや、菊千世は足元の籠を胸前に抱え込んだ。曉旬はそれを人目から隠すように傍らに寄り添い、街道脇の路次に飛び込んだ。とにかく人気の乏しい場所を求めて足を急がせ、小さな丘の際に立つ神社へと駆け込んだ。

近隣の氏神なのだろう。古びた社には灯明が上げられた跡が残り、やせこけた猫が皿にこびりついた油を舐めている。曉旬たちの足音にあわてて走り去るその背に目をやりながら、

「まさか、露見しちまうとはな」

と菊千世は暗い声で呟いた。

「先ほどの御仁たちは、存知よりのお方ですか」

曉旬の問いに、菊千世はああと小さくうなずいた。

「伏見のお城下をうろついていた時、親しくなった猿楽師どもだ。昨年の地震の折、ぜひにと引き留められていた伏見の御城で、妹や母親を含めた一座の大半が御殿の下敷きになって亡くなったんだと。太閤さまさえ無理を言わなかったなら、誰も死なずに済んだのだと恨んでいやがる」

畜生ッ、と吐き捨てざま、菊千世はその場に座り込んだ。抱えていた籠を力任せに突き倒し、

「せっかく、如来さまの入京に泥を塗ってやろうと思ったのによ」と呻いた。

先ほどからの異臭が強くなった気がして目を遣れば、籠の底にはびっしりと馬糞が詰め込まれている。

先ほど見えた縄や筵はこれを隠すためだったのか。まさか、と息を呑んだ暁旬に、菊千世は

「だったらどうする」と薄笑った。

「如来さまに馬糞を投げつけ、太閤さまのご威光に逆らおうとした輩の一味だと、俺を突き出すかい。それで俺が新大仏大勧進の孫と知られりゃあ、お祖父さまは太閤さまに叱責され、これまでの忠勤もすべて水の泡になっちまうだろうな」

愛しい女をみすみす死なせた菊千世の恨みは、分からぬではない。だがそれが新大仏造営を命じた太閤のみならず、血を分けた実の祖父にまで向けられるとは。

顔を青ざめさせた暁旬を、菊千世はまっすぐに仰いだ。引きつった笑みを拭い去るように消や、「太閤さまになんぞ、さっさと嫌われちまった方がいいんだ。さっさと嫌われて紀州の郷里にでも、帰っちまったほうがよ」とひとりごちた。

どこか思いつめた気色すらある真剣な口調に、暁旬は「それはどういう意味でございます」と問うた。すると菊千世はふうと大きな息をつき、

「だって、そうだろう」

と、軽く空を仰いだ。

「太閤さまのおかげで成り上がってきたものの、お祖父さまは結局はただの高野山の客僧。後ろ盾がなくなっちまえば、どんな苦しい目に遭うか、わかったものじゃねえ。場合によっちゃ、かねての遺恨とばかり、行人や学侶たちから叩き殺されちまうことだってありえらあ」

「菊千世どの──」

では如来像への狼藉（ろうぜき）を企んだのは、祖父の今後を案じてのものだったのか。暁旬は菊千世と足

元の籠を、忙しく見比べた。

秀吉はすでに頽齢だ。昨年春から病に取りつかれ、寝たり起きたりの暮らしが続いているとの噂も、京都には届いている。もしかしたら地震による新大仏倒壊の後、その身代わりとして善光寺如来の動座を命じたのは、自らの不調に対する秀吉の恐れの表れだったのかもしれない。

「これは伏見で、ある大名さまの足軽から教えられたんだけどよ。太閤さまの病は、もう治りようのないところまで来ているらしい。大名たちを前にしながら小便を垂れ、そのまま気づかなかったこともあるらしいぜ」

ことに今年の正月には、秀吉はふた月に亘って激しい熱を出し続け、慣例の伏見城での大名惣礼は五月まで延引された。その直後、まだ五歳の嫡子・御拾を連れて参内を行ったのも、すべては自らの死期を悟っていればこそ、と続ける菊千世の横顔は、かつてとは別人のように険しかった。

「作事場を飛び出した直後は、お祖父さまへの腹立ちで、腸が煮えくり返る思いだったんだけどよ。伏見や大坂をうろつき回っているうち、ああも作事に必死なお祖父さまのこれからが案じられてきたんだ」

応其が高野山の筆頭に立ち、長年、勧進を務めていられるのは、ひとえに秀吉のおかげでしかない。やがて来る太閤の死後、祖父がどんな辛酸を舐めさせられるか。そうでなくとも人目を構わぬ応其の気性をよく知っているだけに、何としても今のうちに大勧進の職から離れさせねばならないと考えたのだ、と菊千世は訥々と語った。

「なにせお祖父さまは、太閤さまに可愛がられすぎたからよ」

応其の存在によって、高野山が蒙ってきた利益は、これまで計り知れないものがあろう。しかし幾ら高野山の束ねを仰せつけられているとはいえ、応其は所詮、俗世からやってきたただの客僧。その地位を後ろ盾する太閤がこの世を去れば、山内の者がますます応其への反発を強めるのはまず間違いない。

昨年、普請場を飛び出した菊千世は、このところの応其と内衆の対立を知らないはずだ。それだけに彼が案じる将来がまず間違いないものと感じられ、曉旬はぶるっと身を震わせた。

右府・織田信長が横死し、豊臣秀吉が天下を掌握したのは、ほんの十数年前。それと同時に開始した新大仏造営は今、秀吉の病とともに形を変えつつある。ならばその死によって、あの作事場が大きく移り変わっても、何の不思議もない。そしてその時、この国の諸寺はどんな変化を強いられるのか。

だが、曉旬は知っている。すでに激しい孤独の中に在る応其が、それでもなお怖じることなく、自らの務めに邁進していることを。

秀吉に召され、伏見城にもしばしば上っている応其のことだ。太閤の死が確実に迫りつつあることを、知らぬはずがない。しかし応其は、秀吉が没し、高野山の者たちから石もて追われることになったとしても、決して自らの行いを悔いはすまい。秀吉という天下人の信頼を受けたことをこの上ない誇りとして胸に抱き、傲然と高野山の衆に背を向けるはずだ。

街道の方角から、うわあっと波音に似たざわめきが聞こえてきた。如来像がいよいよ、山科郷に差し掛かったのだろう。丘にこだまし、街道の西へと伝わってゆくその響きに、曉旬と菊千世はどちらからともなく顔を見合わせた。

「行かれぬのですか」

曉旬の問いに、菊千世は小さく首を横に振った。

「今から再度出向いても、およそ如来さまには近づけんだろう。もしかしたらここであんたに会ったのも、壊れちまったあの大仏さまが俺にやめとけと仰っているのかもな」

もし秀吉が長命を重ねることが出来たなら、応其はその懐 刀として、作事のみならずこの国の寺院の仕組みすべてを変える僧となったのかもしれない。だがそれはもはや、見る価値すらないただの夢だ。

微かな羽音が聞こえた気がして、曉旬は目を上げた。一匹の痩せた蠅が菊千世の足元に横倒しになった籠の上を飛び交い、入り口を探している。あまりに小さく、指先で軽くひねりつぶせそうなその姿が妙に愛おしく、曉旬は街道からのざわめきにかき消されそうなその羽音に、じっと耳を澄まし続けた。

解説・ブックガイド⑤

【宗教・文化】

◉ 解説

　戦国時代の寺社は、松永久秀と三好三人衆の戦闘で焼け落ちた東大寺のように、戦乱に巻き込まれる犠牲者、もしくは加賀一向一揆や石山本願寺のように武力で自治を守ったとして語られることが多い。

　だが、これは寺社の一面に過ぎない。漢文の読み書きができる知識階級だった僧侶は、その学識を活かして近隣の人たちに読み書きを教え、吉凶を占ったり、呪術を行ったりする軍配者、あるいは相談役として武将に仕えることもあった。

　治外法権とでもいうべき「不入の権」が与えられていた中世の寺社には、逃げ込んできた人を救う「アジール」（避難所）の役割があったが、こうした特権は、戦国大名によって次第に剝奪されていった。ところが、神田千里『宗教で読む戦国時代』は、「戦国大名がアジールを禁止していることを伝える史料もかなり多い」と認めながらも、こうした史料は「法令の次元に現れた限り」のもので、「アジール」を禁止する法律を出した島津家では「犯罪者として追及を受けるはめになった者を寺院に逃がす」、ということがしばしば行

われ」ていたとし、同様の事例は常陸国にもあったとしている。

武家に抵抗した宗教勢力といえば、石山本願寺に籠った一向宗が真っ先に思い浮かぶ。

石山本願寺は、宗教の権威を嫌う信長に徹底して弾圧されたといわれるが、神田千里『戦国と宗教』は、石山合戦は「将軍義昭と彼を擁した織田信長の側と、三好三人衆・朝倉・浅井ら反義昭派勢力の戦いであり、義昭と信長とが対立してからは、京都・五畿内を押さえる信長と義昭の命を奉じる諸大名の戦い」であり、本願寺は「二つの抗争において、一方の側に参加したにすぎず、信長にも本願寺にも、特に相手方と戦わなければならない固有の事情」はなかったとしている。信長は、伊勢長島と越前の一向一揆で皆殺しを行っており、これに一向宗と信長の「対立をみる向きもある」が、こうした皆殺しは戦国大名同士の戦いでも見られるし、信長は「籠城している非戦闘員の住民は赦免、戦闘員は討伐」と「対象を分けて別々に対応を行う場合」もあったようなのだ。また信長は、劣勢になった本願寺が申し入れてきた「和睦」を、三度にわたり受け入れており、「やむを得ない場合以外、本願寺門徒との戦いは避けたいものだったのではないか」と分析している。

戦国時代では少なからず、大名と宗教勢力の対立が見られたが、信長の後継者となった豊臣秀吉は、宗教勢力と安定した関係を模索し始める。河内将芳『中世京都の都市と宗教』は、秀吉が八宗（真言宗、天台宗、律宗、禅宗、法華宗、時宗、浄土宗、浄土真宗）を集めた東山大仏千僧会を始めることで、諸宗の統合再編に重要な役割を果たしたとした。

『火定』『龍華記』『落花』などの古代史もの、江戸の絵師・若冲を独自の解釈でとらえ

た『若冲』などで注目を集める澤田瞳子の初の戦国ものとなる本作では、宗教勢力の統制を進めていた秀吉に信頼され、方広寺大仏殿の造営を任された木食応其を主人公にしている。

応其は高野山を代表する僧だが、本作では必ずしも清廉潔白な人物とはされていない。

子供をなして出家した応其には、造営中の大仏を見物に来た客を相手にあこぎな商売をする孫の菊千世がおり、どれほど厳しく叱って欲しいといわれても聞き流しているのだ。

高野山には、法会祈禱や学問を行う学僧と、管理部門とでもいうべき行人の二つの集団があるが、応其はどちらでもない客僧であるにもかかわらず、秀吉から高野山全体の束を申し付けられ、寺の自治を奪う改革まで断行しているのである。

本作では、秀吉の寵愛を得て栄達した応其は、誰にでも手を擦り寄せて愛想を振りまく姿が「蠅」に似ていると揶揄されている。だが、物語が進むと、力ある者にすり寄って出世した応其が、権力者によって宗教が統制される新しい時代と、寺社は何者の支配も受けないとする古い時代の板挟みになっていることが分かってくる。現代の日本が、高度経済成長からバブル期の繁栄が忘れられず再び日本をあの時代に戻したいとする古い価値観と、低成長を受け入れ、金や出世とは違う人生の目的を見つけたいという新しい価値観がせめぎ合っているように、新旧の狭間で葛藤するのは、応其の特殊事情ではない。それだけに、応其の立場には共感も大きいのではないか。

そして、助かるかもしれない命を救うべきなのか、それとも小を殺してでももっと大き

なものを救うのがよいのかを宗教家として突きつけられた等身大の応其と、来世の安寧を求めるかのように大仏造営を進める秀吉を通して、救済とは何か、信仰とは何かを問うテーマも重く響いてくる。

ブックガイド

宗教との関係を描いた作品には、家康に仕え、江戸幕府の外交、宗教政策の立案にかかわった金地院崇伝を主人公にした**火坂雅志『黒衣の宰相』**がある。**岩井三四二『十楽の夢』**では、一向宗の自治を認めない信長、来世での救済に金と労力を搾取する宗教教団の対立として伊勢長島の一向一揆をとらえており、勧善懲悪にしないことで宗教とは何かに切り込んでいった。戦国初期の加賀を舞台にした**北方謙三『魂の沃野』**は、目的が一致すれば手を組むが、利害が違ってくれば敵対する武家と宗教勢力の微妙な関係を、富樫政親と弟の幸千代の政争と、浄土真宗の本願寺派と高田派の争いが入り組む物語の中で描いていた。

「蠅」には「新大仏は漆喰作り。表面に黒漆を塗り、金箔を施しているだけに、鋳造仏より衝撃に弱い」など当時の仏像造りや寺院建築を描いたり、応其の孫が絵屋（桃山時代に絵画需要の増大を受けて瞬間的に勃興した工芸的な美術作品工房）の娘のもとに転がり込んでいたとするなど芸術小説の側面もある。

米原正義『戦国武将と茶の湯』は、若狭武田氏の重鎮・粟屋親栄、周防大内氏などは『源氏物語』に深い関心を寄せ、「毛利氏の家臣大庭賢兼（宗分）は「源氏注釈の諸注を集大成」し、能登の畠山義総は『伊勢物語』『古今和歌集』を学ぶなど古典文学に深い関心を寄せていたとする。武将が和歌・連歌を熱心に学んだのは、「辞世の和歌を残す」必要があったから、との解釈も興味深い。

そのほかにも戦国武将は、「故実書をひもといて犬追物・笠懸などを興行し、公家衆の指導で蹴鞠や楊弓の技術を身につけ、また立花・茶の湯・書法・絵画を学び、宴会ともなれば早歌をうたい、ひとさし舞い、乱舞（音曲・謡・太鼓・小鼓・笛・尺八）にも興じたし、囲碁や将棋のいわゆる盤上の遊び」はもちろん、「庖丁（料理）・医師（医薬）・算用（計数）」といった実用的技術」にも関心を示したという。

米原によると、武将が多岐にわたる教養を修めたのは「武人は一事にすぐれるのではなく、万事を心得よ」と教えられ、「文は武を助けるものとされていた」からとしている。

戦国武将と文化の関係では茶の湯との接点が有名なので、歴史小説でもお茶、特に千利休に着目した作品が中心になっている。豊臣秀吉の茶の師匠でもあり、政策ブレインだったともされる千利休は、なぜか秀吉の寵を失い、切腹に追い込まれた。その原因は歴史小説の激戦区のテーマで、邦光史郎『利休と秀吉』、海音寺潮五郎『茶道太閤記』、野上彌生子『秀吉と利休』、井上靖『本覚坊遺文』など錚々たる作家が様々な説を提示してきた。

最近の注目作としては、利休の切腹の日から過去に遡りながら物語を進め、利休が確立

した芸術の本質——特に歪んだもの、欠けたものに美を見出した理由に迫った山本兼一『利休にたずねよ』、今井宗久、津田宗及が残した茶会記を手掛かりに利休が切腹した謎を解き明かす加藤廣『利休の闇』、利休の高弟たちを描く連作形式を用い、利休切腹の真相だけでなく、晩年の秀吉が能に熱中した理由、秀吉が秀次を切腹させ、その妻子を惨殺した本当の事情などにも新説を示した伊東潤『天下人の茶』がある。

権力者との距離が近い一方で、美を極限まで追究するがゆえに、利休、古田織部、山上宗二など非業の最期を遂げた茶人は少なくない。葉室麟『孤篷のひと』は、利休や織部のような天才ではなかったが、主君と絶妙な距離を保ちながら茶人としても、建築・作庭家としても生活に密着した身近な美を構築した官僚として、小堀遠州を評価していた。

岩井三四二『戦国連歌師』は、連歌の師匠であり、数人が集まって歌を詠むイベントを開く興行師であり、武将と武将を繋ぐメッセンジャーなどの役割もあった戦国の連歌師の実態を伝えている。奥山景布子『秀吉の能楽師』は、晩年の秀吉が能に熱中した背景には、ある目的を達成するための陰謀があったとする、ミステリ・タッチの作品だ。戦国武将の中で最高の教養人だった細川幽斎は、『古今和歌集』の秘伝・古今伝授の唯一の継承者だった。この史実を踏まえた安部龍太郎『関ヶ原連判状』は、徳川家康と石田三成の対立が深まる時代に、幽斎が古今伝授を利用した謀略戦を行った、としている。

天下統一へ向かう活気があった時代では、屛風絵は従来の墨絵や単色ではなく、黄金や派手な色彩を使った絵が求められた。また京の町並みを描く洛中洛外図、庶民の生活や祭

礼などを描く風俗画など、新たな題材も求められ、天才的な絵師が次々と誕生した。足利義輝、織田信長、豊臣秀吉らの要望に応える形で、時代を切り開く絵を描いた狩野永徳の栄光と苦悩に迫った山本兼一『花鳥の夢』、永徳のライバルだった長谷川等伯を主人公に、全盛の狩野派に高い技術力で挑んだ等伯を描いた安部龍太郎『等伯』、伝統を嫌い有力武将と交流することで己の画風を確立しようとしていた若き日の狩野永徳をいわゆる草食系男子として描く、若い感性も魅力の谷津矢車『洛中洛外画狂伝　狩野永徳』、武家に生まれた絵師・海北友松が、実家の没落、友人の死など乱世に翻弄されながらも人生を模索し、絵師になるまでを追った葉室麟『墨龍賦』、後世に多大な影響を残した絵師ながら史料が少ない俵屋宗達に確かな存在感を与えた柳広司『風神雷神』などは、絵師ものの成果といえる。

武将の死に様

6限目
生滅の流儀　今村翔吾

一

松永久秀は四層の天守櫓の最上階で、欄干に腰を掛けながら信貴山の尾根を見下ろしていた。

視線を持ち上げると、間もなく沈む陽が、今日を名残惜しむかのように強烈な眩さを放っている。久秀は手庇をしながら、茜空に向けて微笑んだ。

「早よ、沈め」

今ではすっかり封じた上方訛りが、思わず口を衝いて出た。

久秀の他には小姓が二人。壁際に畏まっているが、腰が微かに浮いており落ち着きがない。織田軍は日没までに勝敗を決しようと、二刻（約四時間）ほど前から攻勢を強めている。そのため両陣営から、間断無く銃声が鳴り響き、耳を覆いたくなるほどである。まだ戦の経験の乏しい小姓ならば、浮足立つのも無理はないことだ。

囂しい銃声を縫うように、何者かが階段を駆け上がって来る音を耳朶が捉えた。齢七十になり顔には深い皺を刻むようになったが、幼年から飛びぬけてよかった耳はまだ衰えてはいない。

「殿、筒井勢が後詰めも繰り出しました！」

この声は家老の岡国高である。

「見えておる。信長に尾を振ろうと必死じゃのう」

久秀は振り返り、鷹揚な調子で答えた。

「何を……弾が飛んで来ては如何なさいます！」

久秀は短く答えると、国高は二人の小姓に摑み掛からん勢いで怒鳴った。

「心配ない」

「お主たちも何故お止めせんのだ！」

小姓は助けを請うような目でこちらを見つめた。

「これ、責めてやるな。儂が心配無いと申したのだ。まともに狙えるのは三十間（一間は約一・

八メートル）が限界よ」

狙撃する場合、並の射手なら二十間、腕の良い者でも三十間ほどである。

「流れ弾ならば六町（一町は約百九メートル）ほどは飛びます」

「よく知っているではないか。だがそれもないのだ」

確かに狙いは付けられずとも、弾自体は五町から六町ほど飛ぶ。しかし絶対にあり得ないので

ある。

「斜めに撃てばこう……このように弾が飛ぶのだ」

久秀は宙を指でなぞりつつ続けた。当たり前のことだが物は地に吸い寄せられる。真っすぐに

飛ぶのは二十間ほど。そこで軌道が一度上がり、その後地に急落していく。これは恐らく「気」

のせいだと見当が付く。気などといえば迷信くさいが、目に見えぬそれは確かに存在している。

これを吸って人は生きているのだ。気などといえば迷信くさいが、目に見えぬそれは確かに存在している。

分かりやすい例でいえば紙を投げても遠くには飛ばない。これは紙が軽く、大きく気の影響を受けるためであろう。弾丸も紙ほどではないが確実に影響を受ける。故にこのような現象が起きると予測している。

国高は諫言しても無駄だと悟ったのか、苦々しい表情で本題に移ろうとする。

「筒井勢を……」

「待て」

久秀は掌で制し、残る一方の手を顎に当てた。

「なるほど。回せばよいのだな」

「は……」

国高は眉間に皺を寄せる。小姓二人も怪訝そうにしている。

「羽があるから矢は回る。何故回す必要がある？」

「それは、より遠くに飛ぶように」

「それだ。弾も回せばさらに飛ぶ。銃口の中に溝を切れば回るのではないか。そうなれば弾も丸ではなく……こう筍のような形がより良い」

久秀が頭上で手を合わせて形を表現すると、国高は呆れるような口調で言った。

「間もなく死のうというのに、鉄砲の話でもないでしょう」

「確かに」

久秀は片笑んだ。今更話したところで詮無きことである。この信貴山城は四万からなる織田家の大軍に取り囲まれている。一方、こちらの兵は八千。確実に数日の内に落ちる。だが落ちるのは今日であってはならない事情もあった。

久秀は視線を再び尾根へと向けて言葉を継ぐ。

「間もなく日が暮れる。心配せんでも退く。ほれ」

そう言った直後、図ったように鉄砲の音が静まり始め、潮の引くが如く敵勢は退却を始めた。こちらも不要な追撃をしてはならぬと厳命しているため、両陣営が割れたような恰好となっている。

「真に」

いつの間にか国高も横に来て、眼下に広がる光景を眺め感心している。

「今日が終わった」

「まるで童のような言い草でございますな」

「そうか？」

久秀がこめかみを掻くと、国高は大きな溜息を零した。

「念のためにお尋ね致しますが、もう降る気はございませんか？」

国高は山の稜線に顔を隠しつつある陽を見つめながら問うてきた。

信長は己が所有している天下の名物、平蜘蛛の茶釜を差し出せば降伏を許すと申し出てきている。

だが久秀はそれに対し、

――平蜘蛛の釜と我等の頸は、粉々に打ち壊すことに致す。

と、すでに返答してあった。

「もう天下獲りは難しい故な」

「難しいとは……まだ獲るおつもりだったので?」

国高の口元が微かに綻んだ。小馬鹿にしている訳ではないことは、久秀も知っている。

「それが最も名が残る」

「いかさま」

「だがそれが叶わぬとなれば、別の方法を考えねばなるまいて」

脳裏に浮かんで消えるのは弟の顔である。朱から藍へと変わりつつある空を見つめながら、久秀はぽつりと零した。

　　　　二

永正五年（一五〇八年）、久秀は京に程近い西岡荘で生まれた。その時の名を九兵衛と謂う。

父は小さな商いをしていた。ある日、母と共に市に出掛けた帰り、京に跋扈している足軽に襲われて死んだ。九兵衛が十一歳の頃である。

九兵衛は三つ年下の弟である甚助と共に、叔父叔母のところで育てられていた。叔父は朝から晩まで畑仕事を強い、与えられる飯は皆の半分。そのことに不満を漏らすと、激しい折檻を受けた。

二人の子がおり、九兵衛ら兄弟は厄介者扱いだった。叔父たちにも

己だけならばまだ耐えられた。しかし二年ほど経ったある日、甚助の盗み食いが露見して、目鼻が判らなくなるほど顔を打擲された時、九兵衛は家を出ることを決意した。泣きじゃくる甚助の手を引き、九兵衛は東雲が淡く染まる頃に村を去った。叔父らは止めなかった。

「兄者」

「ああ」

九兵衛は前を見据えて歩く。

「俺たちは何で生まれてきたのかな」

その時の甚助は十歳。子どもにそのようなことを言わせるこの世は狂っている。九兵衛は下唇を嚙みしめながら歩を進めた。

「意味がある」

そう断言したものの、己でもそんなものがあるのかと疑っている。

「きっと誰にも知られずに死んでいく」

「そうはさせへん」

上方訛りで言うと、ぎゅっと甚助の手を握りしめて続けた。

「俺たちが生きた証を残そう……この壊れた世を生き抜いた兄弟がいたってことを」

西岡が京に近いのが不幸中の幸いであった。乱世では皆が何かに憑かれたようにこの地を欲する。日々、各地の大名たちが、血で血を洗うような戦いを繰り広げているのに、それでも多くの人々が集まって来るのだ。

大名に雇ってもらおうとする足軽だけではない。それに取り入ろうとする商人、少しでも年貢の安い領主に治めてほしい百姓。さらにそれらを騙して利を得ようとする者や、金品や米を強奪しようとする悪人。魑魅魍魎のような輩が跋扈している。さらに戦火で焼け野原になっても市が立つという異様な土地である。

このように人と物が集まる地だから生きる希望があった。これが閑散とした場所ならば、すぐに二人は飢えて野垂れ死んでいたであろう。盗みを働くなどは当たり前、足軽を背後から襲って殺し、銭を奪うような真似もした。しくじって命からがら逃げたこともある。獲物が無ければ路傍の草を口にして飢えを凌いだ。

九兵衛が十五になった頃、甚助は十二。兄弟でこうまで差があるものか、粗末な物しか食っていないのに、甚助の身丈は己を超えるほどに伸びた。

これを機に二人は足軽となった。何故、戦が起こっているのかも解らない。何のための戦かも解らない。今日は六角、明日は香西と、ただより良い条件で雇う大名の元に流れ、無我夢中で槍を振るった。

「お前たちも波多野の銭払いがよいから来たのだろう」

などと同じく足軽稼業の者に言われた時、九兵衛は口では同意しておきながら、内心では、

――同じにするな。

と、蔑んでいた。九兵衛がより良い条件の大名を求めるのは金のためではない。これを取っ掛かりに出世をし、本気でこの乱世に名を刻もうとしていたのだ。あの日、西岡を出た時に誓ったことを片時も忘れてはいなかった。

転機が訪れたのは、大永七年（一五二七年）。阿波から政権を奪取しに来た、ある大名が足軽を募った。これに兄弟で加わった時のことである。運んで来た侍は、変わった大名であった。足軽の陣にまで労いの酒を振る舞ってくれる。

「殿は大層足軽を大事に思っておられる」

と、皆を奮い立たせようとした。なるほど、確かに年々戦の様相が変わっていっている。まともな武士は自らの命を惜しむのか、足軽どうしの戦いで決着が着くことが多い。だがこの足軽というものは厄介なもので、隙あらば敵方に奔るということも少なくない。この大名はそれを防ぐため、このようなことをしているのだと感じた。

ある日、また足軽の陣に酒が振る舞われた。運搬の宰領をしていたのは初めて見る武士。これまでの者と違ったのは、

「間もなく戦が始まる。二合までにしておいてくれよ」

などと声を掛け、酒を呑む段になっても帰ろうとせず、自らも足軽と共に酒を呑んでいた。ここまで気安い武士は初めてで、足軽たちもすっかり気を許していた。その武士が隅のほうにいる九兵衛ら兄弟に近づいてきたのだ。

「お主たちは呑まぬのか？」

「酒が苦手なもので」

九兵衛が短く答えると、武士は指を顎に添わせて二度三度、頷いた。

「迂闊だった。確かに酒が嫌いな者もいよう。お主たちには余分に米を回すことにする」

武士は運搬を担っているだけなのに、まるで自らが与えているかのような口振りである。さら

に眉を開いてこちらの手許を覗き込みつつ続けた。

「何をしている？」

「兄者に字を教えてもらっています」

これには甚助が答える。父が商いで字を遣っていたため、九兵衛も学んでいた。しかし甚助はそれを学ぶ前に父が死んだので扱えない。いつ果てるとも知れぬ足軽稼業から、いつかは抜け出さねばならぬ。そのための一助になろうと、毎夜枝で地に文字を書いて甚助に教えていたのである。

「ほう。字が書けるか」

「兄者は近郷でも有名な達筆だったんだ」

「これ」

得意げに言う甚助の袖をちょいと引いた。

「確かに上手い。お主、三好家に仕える気はあるか？」

今加わっている家。それが阿波の大名三好家なのである。

──来た。

機が到来したという興奮をぐっと抑え、九兵衛は小さく頷いた。

「よし、ならばこの戦に生き残ったら召し抱える」

「え……」

この武士が先走っているだけ。真に召し抱えられるためには上の裁可がいる。これまでもこのような旨い話が無かった訳ではないが、いずれも口約束でうやむやにされている。今回もそのよ

うな眉唾話かもしれないと、努めて興奮しないようにしていた。

武士は屈んで手を口に添えると、そっと囁いた。

「俺は三好元長という」

「まさか……」

ぎょっとして目を見開いた。己が加わっている陣営の大将なのである。

「恥ずかしい話だが字が上手くない。祐筆は何人おってもよい。生き残ってくれよ」

元長はからりと笑うと肩を叩いて立ち去って行った。

半信半疑であったが、これは現実となった。戦が終わると二人は本陣に呼び出された。そこには床几に座るあの男の姿があった。

「阿波に帰るが。来るか？」

元長の鞣革のような肌から零れる白い歯が眩しかった。久秀はこの時の光景を、生涯忘れることなく鮮明に記憶している。

三

こうして二人は阿波へと共に下ることになった。久秀は十人からなる祐筆団の末端に加えられた。食が良くなったからか、弟の甚助は日に日に躰が大きくなり、槍にも徒ならぬ才があったらしく下士として取り立てられることになった。

どこの馬の骨とも判らぬものを抱えるなど、身分が揺らぐ乱世とはいえ極めて珍しい。これは

元長の、

──家の最も大事な宝は人よ。

という考えに起因しているらしい。戦乱はまだまだ終わりそうにない。有能な武士が命を散ら

せていく中、その代えはすぐに見つかるものではない。ただし元来の武士以外にも視野を広げれ

ば、優秀な人材は野に潜んでいる。これを早期に取り入れることが、次代を切り開く力になると

考えていた。そのような思想の持主だからこそ、久秀たちも召し抱えられたのだ。

阿波に辿り着いてすぐ、元長は兄弟を呼び寄せた。

「落ち着いたか？」

元長は顎を微かに引いて片笑んだ。

「はい。甚助などは、こんなに美味い飯を食うたのは初めてやと嬉々としています」

「上方訛りがきついのう。これからは武士らしい話振りにせねばな」

「改めます」

九兵衛が頭を下げると、甚助も慌ててそれを真似る。

「それに、ただの九兵衛や甚助では締まりが悪かろう。姓名を考えておくがいい」

元長の提案に、九兵衛は迷うことなく即座に答えた。

「松永と……」

「ほう。用意のよいことだ」

この世に生きた名を刻む。そう決めた時よりずっと考えてきた。そして導き出した姓である。

「よし、名は俺が付けてやろう」

元長は眉間に皺を寄せて唸る。名も無き浮浪の者にも真剣に向き合う。この殿に付いてきて正解だと改めて感じた。

「久秀……久しく秀でる。よいだろう?」

元長は誇らしげに頬を緩める。気に入らなかった訳ではないが、仮にそうでも言えたものではない。九兵衛は、いや久秀は礼を述べて頭を垂れる。

「甚助は長頼でどうだ。人より力に長け、お主の頼りになる男になるようにという願いだ」

「兄者より、恰好がいい」

長頼は新たな名を確かめるように、何度も繰り返し呟く。その横顔が何とも嬉しそうで、久秀も僅かに口元を綻ばせた。

互いに役目に邁進して月日が流れた享禄五年(一五三二年)、三好家は突如として窮地に立たされた。三好家隆盛の礎を築いたともいうべき元長が、一向宗徒十万に猛攻を受けて自害したのである。

元長は多くの子を残したが、嫡男の仙熊でもまだ齢十一。三好家の畿内での影響力は一気に減退し、本国である阿波に長く逼塞することになった。これを機に離れた傘下の豪族、退転する家臣も多く出た。

混乱の中でも久秀は動じなかった。己たち兄弟を拾ってくれたという恩義もある。だが残ることを決めたのはそれだけではなかった。無能な者が去り、有能な人材は残って元長が作り上げた三好家の闊達な家風は消えていない。それどころか、この逆境を機会にしようと新たに集まった者もあり、残った家臣は幼主をいる。

守り立てていこうと、以前より結束が強くなったようにも思える。元長の遺児たちも皆が利発で、それぞれに名将の片鱗を見せている。上の風通しがよくなったほうが、出世の機会にも恵まれるという打算もあった。

久秀の思惑は的中し、仙熊が元服して長慶と名乗るようになった頃から、三好家も徐々にかつての勢いを取り戻していった。その中で久秀と長頼も着実に出世を重ねた。

天文九年（一五四〇年）に奉行の職にあったものが病で倒れ、後任を誰にするかという議題が持ち上がった時。

「私にやらせて頂けぬでしょうか。身命を賭して務めます」

と、久秀は自らを積極的に売り込んで容れられた。

久秀は恙なく役目を果たし、天文十八年、長慶が将軍家を追放して京を手中に収めた。その時に久秀はこれまでの実績を認められ、寺社との折衝を任せられるようになる。翌天文十九年には一手の将に抜擢され、将軍の後ろ盾である近江の六角定頼を見事に打ち破った。長頼も負けてはいない。

さらに香西元成・三好政勝らが丹波衆を率いて京に攻めてくると、京に滞在していた久秀も初めて軍勢を率いて戦うことになった。元は小商人の倅。当時は一軍の指揮を執ることになるとは夢にも思っておらず、いざ対峙すると全身が激しく震えた。

「兄者、心配無い」

近江から合流した長頼がそう言って軽く肩を叩く。一度大将を務めた余裕が感じられる。

「お主は向いているのだろう」

身内贔屓もあるかもしれぬが、久秀から見てこの三つ年下の弟には将才があると見えた。

「気付いたことがある」

「何だ」

「あいつら思ったより阿呆だ」

長頼はからりと笑った。あいつらとは武士のこと。もっとも今では己たちも武士であるのだ

が、長頼が指しているのは家柄のよい既存の武士たちのことである。

「阿呆では累々名跡を紡げまい」

「そもそも利口だったなら、こんなに世が乱れるはずないだろう?」

「確かに」

長頼は賢しい性質ではないが、案外本質を捉える目は持っている。言うことが的を射ていたの

で、思わず苦笑してしまった。

「敵わぬと思っていた俺たちのほうが、もっと阿呆だっただけさ。奴らより草を食らってでも生

きようとしたほうが強い」

「なるほど。つまりは何も持たぬ者が、名を刻むには良い時代なのだな」

郷里を離れる時に必ず己たちが生きた証を刻むと誓った。それには恰好の時代なのだろう。敵

勢から鬨の声が上がる。間もなく戦が始まるのだ。

「兄者、天下を獲ったならどうする」

ふいに長頼が発した問いがあまりに壮大で、久秀は目を見開いた。

「やはりお前は阿呆だ。そんなことできるはずない」

「天下を獲るのが名を刻むのに最もいいだろう？」

「それはそうだ」

流石に難しいとは長頼も解っている。躰を硬くしている兄の気を紛らわせようとしてくれたのだろう。

「虫けらのような俺たちがここまで来たんだ。能うかもしれないぞ？」

「阿呆どもを駆逐するか」

「それはいい。二度と俺たちのような子が出ぬようにな」

「行くか。頼むぞ」

「頼まれた」

血を分けたたった二人の兄弟。顔を見合わせて微笑むと、久秀は突撃の号令を発した。戦は呆気ないほどすぐに決着が付き、丹波衆は這う這うの態で退却していく。その滑稽な姿は、長頼が言うように「阿呆」という言葉が最もしっくりくる。家柄や血ではない。今の世は才がある者こそが道を切り開く。久秀が確信を持ったのはこの瞬間であった。

　　　　四

松永兄弟はさらに躍進した。だがそれとは反対に三好家の家運に陰りが見え始める。兄弟が相次いで死んだことで主君長慶はすっかり気落ちし、挙句の果てには誰かの讒言に騙されたものか、屋台骨を支える別の弟を誅殺してしまったのだ。

――松永兄弟の讒言ではないか。

そのような噂が流れた。久秀はそうではないと言い切れる。だがあまりに急速な出世のせい
で、家中の者の妬みや嫉みを買っていることは自覚している。

主君自らの口から否定するように頼もうと思った矢先、長慶は心身に不調を来して寝込み、そ
のまま帰らぬ人となった。そのような家が荒れた状態での当主の死去。三好家に瓦解の兆候が顕
著になった。

――義継様を守り立て、今一度三好家を立て直す。

久秀は後を継いだ若年の当主義継を支え、八面六臂の活躍を見せた。元長が死んだ時も苦境に
立たされたが、家中が想いを一つにして乗り越えたのだ。今回も同じようにできると信じて疑わ
なかったのである。

だが何故か上手くいかない。あの頃と何が違うのか。思いを巡らせた久秀は、ある一つの結論
に辿り着いた。三好家は先代の頃に優秀な人材を集めた。だが時を経て彼らもいつの間にか、

――阿呆ども。

に成り下がっていたのである。人の力は生まれ持った才の多寡によって差が出る。だがそれ以
上に取り巻く状況のほうが影響を与えるらしい。

先代の無念の死によって多くを手放し、未だ何も得ていないからこそ、皆が上を目指して切磋
琢磨してきた。だがそれぞれが身を立て、守るべき家、領地、地位ができた今、誰もがいつの間
にか他者を蹴落としてでも保身に走るようになっている。つまり彼らも久秀と長頼が阿呆と呼ん
だ、従来既存の武士たちに成り下がったのだ。このような状態で三好家を守り立てていくなど不

可能といってもよい。

それでも未熟な当主を支えて奔走する久秀に、大きな事件が起こった。丹波方面の攻略を一手に任されるようになっていた長頼から、至急救援の要請が入ったのである。

「今すぐ発つ！」

文を読み終えるや、久秀は凛然と立ち上がった。その器量を認めて近く家老として迎えた、岡国高が諸手を突き出して制する。

「お待ち下され！　大和が総崩れとなります」

一方の久秀は三好家の大和攻略を担っている。信貴山城を拠点に、筒井家を始めとする大和の諸勢力と大激戦を繰り広げていた。一進一退なれども永禄三年（一五六〇年）に多聞山城を築城してからというもの、徐々に優勢に傾き始めていたところ。今大和を離れれば敵方は一斉に反攻に出て、折角得た地盤を失うことが恐れられた。

「援軍が出せぬならば和議を周旋する」

久秀は三好家でも有数の重臣となり、将軍家の御相伴衆にも名を連ねるまでになっている。三好家の他の重臣には将軍家と断絶し、自由に動いた方が有利と考える者も多いが、久秀はその中にあって良い関係を築いている。将軍家に調停を依頼するのが最も得策と考えたのだ。

不幸というものは連鎖するらしい。久秀が周旋に動き始めた矢先、またもや変事が耳に届いた。一部の三好家重臣が室町御所を襲撃して、将軍足利義輝を殺害したというのだ。

「あの阿呆は何をやっておる‼」

久秀は怒りのあまり書状を破り捨てた。

襲撃した者の中に己の嫡男、松永久通の名があったの

である。久通は凡庸な性質で、己に酷い劣等感を抱いている。恐らくこのままでは父を超えられぬ、自らの意思で物事を決めるべきなどと、諸将に唆され軍勢を繰り出したのであろう。

万策尽きたところに長頼から矢継ぎ早に書状が届く。雪崩を打って豪族が蜂起し、己は丹波という鳥籠に捕らわれた小鳥のようなもの。城に籠って耐えているが援軍の見込みはなく、間道を使って飛ばしているこの書状も、いつ途絶えてもおかしくないという悲観的なものだった。

丹波勢と大和勢も通じているのか、筒井家の動きが活発になってこちらも防戦一方である。久秀は覚悟を決めた。

「大和を捨てる……何度でも取り返してやるわ」

大和から引き揚げ、全軍をもって丹波の長頼の救援を決めた。明日出立という日、再び長頼から書状が届いた。それに目を通した久秀は、国高を呼びつけ静かに出立の取り止めを命じた。国高も察しがついたようで、何も語らず下がっていく。

「ああ……」

久秀は嗚咽を懸命に耐えつつ文字を目で追った。

長頼からの書状には、もうこれが最後になるであろうこと。この書状が着いた頃には己はもうこの世にいないであろうこと。大和の堅守に専念してくれよとのこと。生まれてからこれまでの謝辞、そして兄者の弟に生まれて幸せであったとのことが綴られていた。

ふと脳裏を過ったのは、村を出て京に向かってすぐのこと。馬喰の手間をして得た金で麦飯を買った。一つ食べても腹が満たされぬと弟はめそめそと泣いたので、己の分の握り飯をくれてやったのだ。

何も考えずに兄の分まで食べてしまったことに、罪悪感が湧いてきたのだろう。夢中で食べた後で、急に申し訳ないというように、今にも泣き出しそうになる。

「助かった。腹が一杯だったところだ」

そう言って頭をそっと撫でると、弟は頬を綻ばせて満面の笑みを見せた。何故こんなことを思い出すのか。他にも浮かんでくる光景は幼き日の記憶ばかり。

「甚助……」

久秀は多聞山城の天守櫓で一人、書状を握りしめて天井を見上げた。

——兄者の名を天下に刻め。

甚助の書状の最後は、その一言で結ばれていた。きっとこれを書いた時は微笑んでいたのだろう。久秀はそのような気がしてならなかった。

　　　　五

長頼が死んだことで、三好家は丹波の領地の全てを失った。三好家を取り巻く状況は一向に良くならない。当主義継の未熟さをいいことに、三好三人衆と呼ばれる重臣たちは専横を極めた。

義継は三人衆の元から逃げ出し、久秀を頼ってきたことで内紛に発展し、三好家中は蜂の巣をついたような騒ぎになった。

両軍は戦に発展し、劣勢の三好三人衆は陣取っていた東大寺大仏殿に火を放つという暴挙に出た。しかも戦が終われば、それを全て久秀が燃やしたなどと言い逃れる始末。世間の非難を避け

るため、彼らにとって出自も定かではない己は恰好の生贄なのだ。

何とか三好家を纏め上げようと奔走している時、畿内にとある大勢力が上って来た。尾張美濃を領し、日の出の勢いの織田信長である。

　　──終わった……。

久秀は織田家のことをずっと注視していた。これはいずれ上洛して来る。それまでに家中を統一しなければ三好家の天下は消える。その時刻が到来したのだ。

「機を窺う」

家臣にそのように告げると、久秀は当主義継を連れて真っ先に織田家に降った。本心ではもう天下の目は無いと解っていたが、納得させるためにはそう言う他になかったのだ。手土産として天下の名物である九十九茄子の茶入れを献上した。そこまでする必要はないと止める家臣もいたが、このような時に物惜しみすることはない。命のほうが万倍も大事である。

降ってから間もなく、久秀は織田家の家臣、盟友の徳川家康に引き合わされた。その場に於いて信長は、

　　──この男は常ならざる悪事を三つも働いた梟雄である。

と、高笑いした。

一つは三好家先代長慶を殺したこと。二つは将軍義輝を弑したこと。三つ目は東大寺大仏殿を焼き払ったこと。

　　──そうなるか……。

三好家紛糾の中で行われた諸悪が、全て己の双肩に圧し掛かっていることに改めて気付い

た。どれも身に覚えのないこと。敢えて言うならば将軍家を襲った者の中に嫡男がいたこと。そ
のような分別がつかめぬ息子に育ててしまったことが罪と謂えば罪。

戦乱の世では皆が道義や道徳を捨てる。人の奇妙なところは、その癖に外聞を捨てきれないと
ころであろう。それは彼らが歴とした出自を持っていることにも起因するかもしれない。家の名
に傷がつかぬよう、今を生きる者たち以上に、後世を生きる者たちにいかに見られるかを恐れて
いる。故に己のように貶めやすい者に罪を着せ、自分だけは聖人君子のような顔を保とうとする
のだ。

「のう、弾正」

世に蔓延る詭弁を真に受けているのか。あるいは己を貶めて愉しんでいるのか。それとも返答
次第では始末しようとする罠か。信長は己の官位を呼び、片笑みながら見下ろす。

「左様でございます」

それ以外の答えは無い。反論すれば首を落とされるかもしれない。世の不条理に耐えることに
は慣れている。どれほど見苦しくともそれに耐えて名を残す。それが今は亡き弟との誓いであ
る。

「認めおったわ。悪名高き男よな」

信長が豪放に笑うと、一座の者は追従するようにどっと沸いた。どの者も媚びたような卑し
い表情である。

「上様はさておき……他の皆々様は憐れでございますな」

久秀が低く呟くと、信長はぴたりと笑いを止め、衆は静まり返った。部屋の中に糸が張り巡ら

されたような緊張が一気に満ちる。

「憐れ？」

信長は上座から舐めるような視線を送ってくる。久秀は口角を上げ、大袈裟に両手を開いて語り始めた。

「左様」

「ほう。如何に」

信長は梟の如き声を上げて短く尋ね返す。

「上様や拙者と異なり、この場にいる方々の内、どれほどが後世に名を残せましょうか」

衆が騒めき、皆の顔にみるみる憤怒が漲ってゆく。信長はというと何が始まるのかといったように、愉快げに静観している。それを確かめると久秀は一気に捲し立てた。

「後世の者は、あなた方のような者がいたのかと首を捻ることでしょうな」

「弾正、貴様！」

家臣の一人が膝を立てたことを切っ掛けに、口々に怒りの言葉を口にする。部屋の中に怒気が満ちていき、信長だけが薄く笑っているという状態である。久秀は頰を指で搔き、首をひょいと捻った。

「拙者は事実を申したまで」

「お主のような悪名、こちらから願い下げだ！」

「先ほどとは別の家臣が唾を飛ばして痛罵した。

「悪名も名でござろう？」

しわがれた声で低く返すと、家臣は気圧されたように言葉を呑み込む。　刹那の静まりを見逃さ

ず、久秀は鷹揚に話し始めた。

「拙者はどこの馬の骨とも知れぬ男……」

自虐的に言ったが、若干の皮肉もある。ここに居並ぶ諸将の出自も怪しいもの。信長の盟友の

徳川家康とて三河の山林を領した、いわば樵の大親分といった程度の家柄。それをやれ源氏だ、

やれ平氏だ、藤原だと後付けで家格を高めようとしていることを知っている。

「そのせいか家を残すことに、とんと興味が無い。倅は倅で生きるべき。ましてや十代後の子孫

なぞ、可愛くも何ともない。それならば鈴虫でも愛でているほうがましというもの」

久秀は鼻を鳴らす。諸将の顔にはこいつは何を言っているのだという困惑が浮かぶ。ただ信長

だけは顎に手を添えてじっと視線を送っている。

「人は何のために生まれたのか……それを考えぬ日はありません」

諸将に向けてか、あるいは信長か。いや己に語り掛けているのかもしれぬ。先ほどまでとは一

転、静寂に包まれた謁見の間で、久秀は宙を見つめて朴訥に語り続けた。

「だが確かなことは、人はいずれ死ぬということ……子だ、孫だ、家だと言い訳をして、無為

に過ごしたくはないのですよ」

一年で何人が生まれ、何人が死ぬのか。千や万でないことは確かである。しかもそれが毎年繰

り返される。

悠久の歴史の中、生まれたことも死んだことも知られぬ者が大半であろう。己た

ち兄弟も父母を失い、そこで飢え死んでいたならばそのうちの二人になっていたに違いない。こ

れほど哀しく、苦しんだのにである。どうしてもそれが釈然とせず、ここまで無我夢中で駆け

上がってきた。

「松永弾正という男は、確かにここに生きてござる」

久秀にとって名を残すということは、己が今ここに生きているという叫びである。それを悪と呼ぶならば呼べ。そんな想いで結びに凛然と言い放った。

衆の中には身につまされることもあったのか、雷に打たれたように躯を震わせる者もいた。多数の荒い呼吸の音だけが静寂を埋める。それを破って、口を開いたのは信長である。

「弾正、戦国の世に生まれ落ちてよかったな」

「悪運も強いもので」

「人とは斯くありたいものよ」

信長は口角を釣り上げて不敵に笑った。武家とは言わず人と言ったことに、信長の共感が表れている。久秀は虚けたように少し眉を開くと、深々と頭を垂れた。

六

織田家は上洛以降も勢い衰えず膨張を続け、各地の諸勢力を併呑していった。このままでは織田家の天下が定まってしまう。焦り始めた久秀のもとに好機が訪れた。信長と関係を悪くした足利将軍家の檄に応じ、最強と呼び声高い甲斐の武田家が上洛を始めたとの報が届いたのである。

久秀はこれに呼応し、織田家に反旗を翻した。

「危険な賭けにございます」

そう止める家臣もいた。だが久秀は迷わなかった。確かに賭けには違いない。これまで己は自らの命だけを元手にやって来た。たとえ敗れたとて命が取られるだけ。その元手の命も刻々と目減りしていくのだから、ここで擲たないという選択はない。

賭けは、敗れた。上洛の途にあった武田軍が甲斐に引き返したのである。後に判ったことだが当主である信玄が病没したという。

「信玄坊主、動くのが遅いわ」

久秀は会ったこともない信玄に小言を零した。恐らく自分の余命が僅かと知り、ようやく乾坤一擲の賭けに出たのだ。もし己が武田家の当主ならば、もっと早い段階で勝負に出た。平安末より続く名門武田家を失うという恐怖が、信玄を際の際まで躊躇させたのだろう。

久秀は降伏を決意して岐阜城に赴いた。信長は己が心血を注いで縄張りを引いた多聞山城を差し出すように命じ、久秀はこれに従った。命が取られるかどうかの段になって、惜しいものなどは何も無い。

「もう十分名を刻んだのではないか？」

信長は己の顔をまじまじと確かめた後、口を尖らせながら訊いた。

「まだまだ」

「怪老め。この場で退治してくれようか」

小姓の持った太刀に手を掛けた。だがその目は確かに笑っている。

「私を生かせば、上様にも利が。この爺が悪名を一手に引き受けますぞ」

信長も比叡山を焼き払い、女子供までなで斬りにするなど、己に負けぬ悪評を世に撒き散らし

ているのだ。

「ふふ……であるか。　堪忍してやろう」

「ありがたき幸せ」

これまで信長に反逆した者はいずれも、烈火の如き怒りを受けて滅ぼされている。信長の対応が意外だったようで、居並ぶ諸将、侍る小姓までもが瞠目していた。

「達者な爺よ。　存分に刻め」

「そのつもりでござる」

まるで、次の機会があればいつでも謀叛しろ、そう言っているように聞こえた。一生の短さ、家の儚さ、自分のために全力を賭す尊さを、この男もまた解っている。故に己が生きるかもしれなかった、もう一つの人生を見ているような心地なのかもしれない。

その三年半後、初めて謁見してから九年後の天正五年（一五七七年）、武田と覇を競っていた越後の上杉謙信が上洛の構えを見せた。武田家の二の舞も有り得る。加賀や能登を席捲している上杉軍は手取川で織田軍を撃破したものの、本国越後へと引き返した。これで最後の賭けにも敗れたことになる。

が、このまま進軍して来るのかどうかも確かではない。だが久秀は再び信長に反旗を翻した。齢七十。これが真に最後の機会と思い定めたのである。

――平蜘蛛を寄こせば許す。

信長から信貴山城に立て籠もる久秀の元に書状が来た。これも久秀が所有する名物の茶釜である。

「いかに返答致します」

書状を届けた国高は、拝跪して答えを待った。久秀はゆっくりと目を瞑り、己の一生に想いを馳せた。

三好家に天下を獲らして己はその宰相として名を残す。長頼も一手の大将として名を轟かせただろう。だが三好家はもはや風前の灯火であり、長頼もうこの世にはいない。

ならばいつしか長頼が軽口を叩いていたように、自ら天下を窺おうともした。だが間の悪いことに、織田信長という巨星が現れたのだ。まるで歴史が己を葬り去ろうとしているかのように思える。

「もう仕舞いじゃな」

久秀は大欠伸をきつつ、書状を破り捨てて続けた。

「逃げたい者は全て逃がせ」

「殿は……」

「あの日の誓いを遂げる」

久秀は口辺の深い皺をなぞりながら静かに言った。

松永家は間もなく滅びると家臣に明言した。その上で己は最後まで抗うことにする。逃げたい者は逃げても咎めぬと触れを出した。

「お主たち、ちとおかしいのではないか?」

よく残って千ほどかと思っていたのに、何と九千の内、八千が城に残留すると知り久秀は思わず苦笑した。

「皆が殿と共に名を刻もうと」

己の本心は包み隠さずに伝えてある。それがこれまで付き従ってくれた家臣への、せめてもの

礼だと考えたからである。

「重荷じゃな」

「今さら何を」

国高は呆れたように先ほどよりもさらに深い溜息をつく。久秀は国高の肩をぽんと叩いた。

「悪い顔をなさっておられる」

「生きた証を残すか」

「儂は悪人じゃ」

天守櫓から星空を見上げた。中に今にも落ちてきそうなほど一等瞬く星がある。

「あれか」

つい昨日突如現れた巨大な箒星である。

——松永弾正が滅ぶ兆しを天帝が告げておられる。

などと口さがない京雀が早くも囀っていると、潜伏させている間者から聞き及んでいる。

「弾正星と呼んでいるとか。不吉でございますな」

もう滅ぶことは決まっている。それなのに国高が不安げな顔をするのがおかしかった。

「そんな馬鹿なことがあるか。儂如きのために星が現れて瞬くのなら、帝が崩御するたびに現れ

ねばならなくなるぞ。だとすれば天帝はかなり暇なようじゃ」

「はあ……」

「あれは天の理よ。だが、使える」

偶然にすぎないが、己の最後を彩るには都合のよい事象に違いない。星はゆっくりと流れる。まるで俺も混ぜてくれと天から弟が降りてこようとしているように思えた。天の理云々を語った舌の根も乾かぬうちに、そのようなことを考えた己が可笑しく、久秀は頬を指で掻きつつ自嘲気味に笑った。

　　　七

信貴山城が完全に包囲されたのは、十月三日のこと。大将は信長の嫡男信忠。他に大和の宿敵筒井順慶、明智光秀、細川藤孝からなる四万の大軍である。同日に平蜘蛛の茶釜を差し出せば降ることを認めると、最終の勧告があった。

「少しだけ考えさせて頂きたい」

久秀は使者に対して神妙に答えた。実際はもう降る気などさらさら無い。少しでも時を稼ぎたかった。援軍が来る見込みは無い孤城である。他に訳がある。

十年前の十月十日、東大寺が炎上焼失した。実際は異なるが、すっかり久秀が焼き払ったというものに話がすり替わっている。十年経った今でも、いつか仏罰に当たるだろうなどと言う者が後を絶たない。

「ならば望み通り罰に当たってやろう」

久秀は七日後の十月十日に死んでみせようと決めていたのだ。自ら罰に当たりにいくなど笑い

話にもならないが、世間の己の印象を鑑みればこれこそ最もしっくりきて、万世にまで名を残せると考えた。己の死を、滅亡を彩るつもりでいるのだ。

十月五日、一向に返答が無いので騙されたと思った織田軍は総攻撃を開始した。信貴山城は己が縄張りを引いて改修した堅城。そう易々とは落ちない。それでもあまりに苛烈な織田軍の攻撃に、久秀は夕刻になる度、

「早よ、沈め」

西日を睨みつけて、上方訛りで呟いた。

陽が落ちて小康を得ると、抱えの医者に命じて頭の頂に灸を据えさせる。これは中風の予防によいと聞き、数年前から始めた日課である。

十月八日の夜半、外が俄かに騒がしくなった。織田軍が夜襲を掛けてきたのである。国高が報告に参じた時、久秀は灸を据えているところであった。

「殿、夜襲でござる」

「見ずとも判る。あれは恰好だけじゃ、すぐに引き上げる」

「しかし万が一ということもあります」

「心配ない。関の声が少ないだろう？　大方筒井が手柄を焦っているのよ」

「全く……あと二日で死のうとされているのに、灸など無用でしょうに」

小言を零してばかりいるが、殿が魔王の如き男と名を残すならば、誰かが牛頭馬頭を務めねば恰好が付きませぬなどと言って、真っ先に城に残ると表明したのもこの国高である。

「腹を切る時に中風になっていたらどうする。世の者どもに大層笑われるわ。そうなれば全ての

「仕込みが水の泡よ」

「そう言えば、武士の心得のように聞こえるから不思議でござるな」

国高は首の後ろに手を回して苦笑する。

「おお、それは良い。敵陣に行って、弾正は顔色も変えずに灸を据えておると言い触らして来い。恰好のよい逸話の出来上がりじゃ」

久秀は灸が零れ落ちぬよう、手をゆっくりと上げて外を指示した。

「死の間際に自ら逸話を作ろうとする武士など、後にも先にも殿だけでしょうな。その裏側を知っている拙者としては不恰好に見えますが」

「言うなよ。内緒じゃ」

久秀は口に指を当てて鋭く息を吐くと、にかりと笑った。

「行って参ります。殿は夜襲の最中も灸を……」

「顔色も変えず……の文言が抜けておるぞ」

「承知しました」

国高は餓鬼大将の我が儘に付き合うかのように、顔を大袈裟に顰めて出て行った。

夜襲は久秀の見立て通りすぐに終わり、翌九日も織田軍は二の丸すら突破できなかった。陽が沈むとすぐに国高を呼び立てて、久秀は苦々しく言った。

「まずいぞ、国高」

「今度は何でしょう」

もう慣れたといったように国高も動じない。

「秋田城介は思いの外、戦が下手じゃ」

秋田城介とは信長の嫡男で総大将の信忠のことである。

「それは朗報ですな」

「儂は明日、死なねばならぬのだぞ。それなのにまだ三の丸も破ってくれぬ」

「自ら火を放つのならば、別によいのでは？」

最後はありったけの火薬を集め、火を放って天守櫓ともども、自らを木端微塵に吹き飛ばそうと考えていた。古今東西、これほど派手な最期を迎えた武将は聞いたことがない。

「愚か者め。嘘くさいではないか」

国高は受け口になって息を天に吹きかける。ここ数日で、この老家老の溜息の種類にも随分と幅が出た。

「では、如何に？」

「今一度、皆に訊こう」

夜半、久秀自ら各陣を回った。この期に及んでも士気高き家臣たちである。なかなかに志願する者はいない。ただ二百名ほどだが、説得に応じてくれる者たちもいた。家族や郷里が恋しくなっていたのだろう。咎めるつもりなどは毛頭無い。人とは己の一生に正直でよいのだ。久秀は一人一人に労いの言葉を掛けていった。

十日の払暁、元筒井家の家臣、森好久が率いる二百の兵が敵方に内通し、三の丸に焼き討ちをかけた。

「達者でな」

久秀は天守櫓から燃え盛る三の丸を眺めつつ、ぽつりと呟いた。昨夜、涙を浮かべつつ別れを言った者たちの顔が思い出される。彼らは生きた証を求め、再び乱世という大海に漕ぎ出すことを決めたのだ。

「さて、灸でも据えるか」

今日の夜はもうやってきそうには無い。寄せ手の喊声の中、昼前からじっくりと灸を据えた。

――何故、名を残したい。

艾の炙られる香りが充満する中、宙の一点を見つめて考えた。

人は誰しも名を残したいといった欲求を持っているのではないか。その中でごく稀に己のように諦められぬ者がいる。

後の世の人々に褒め称えられたいといった大層な欲求ではない。生き別れた想い人に、どうか己を忘れないで欲しいといった凡愚な願いに似ているかもしれぬ。全ての人に忘れられた時、人は二度目の死を迎えるのかもしれない。

陽が傾いた時、織田軍から再び茶釜を渡せば許すとの報せが入った。これに久秀は応とも否とも答えず、ただ一言、

「砕け散るのを、刮目して胸に留めよ」

と、頰をつるりと撫でて返した。砕けるのは国一つと替えられるともいわれるほどの茶釜か、はたまた松永弾正という一個の人か。それとも見果てぬ夢か。己でもはきと解らぬまま口を衝いて出た。

己が精魂込めて仕上げた信貴山の天守櫓か、嘲笑うかのような久秀の返答を受け、総攻撃が再開された。

久秀はこの段においても配下のうち、生きたいと言う者は落ち延びさせた後、備蓄していた火薬を全て天守櫓に運び込ませた。

十月十日夕六つ（十八時頃）、信貴山城に築かれた四層の天守櫓から、天をも震わせるほどの轟音と共に焔　柱が立ち上った。

享年七十。寄せ手の織田兵が手を止めて啞然となるほどの壮絶な最期であった。

後の世で梟雄と揶揄され、あるいは戦国の権化の如く語られる老兵は、茶釜に生きた証の全てを詰め込んで、星が燦然と輝く大和の夜空に舞い上がった。

解説・ブックガイド⑥

【武将の死に様】

◎解説

武将の使命は、領土を広げ、出世をした結果を子孫に残すことにあった。だが、敗者にシンパシーを持つ判官贔屓の感情が強い日本では、古くから華々しく散っていった武将や非業の最期を遂げた武将も人気を集めている。

ただ、武将の最期は、江戸時代の軍記物で作られたイメージが現代の歴史小説まで受け継がれているケースも多く、戦国武将の研究が進んだ現代では見直しが進んでいる。

天下統一目前で家臣の明智光秀に本能寺で討たれた織田信長は、その悲劇性の高さと、信長に信頼されていた光秀が謀反を起こす動機が見当たらないことから、背後に黒幕がいたとされてきた。本能寺の変は史料が少なく、「事件の真相を知る人は後難を恐れて口をつぐみ、証拠隠滅を図った」可能性があると書く呉座勇一『陰謀の日本中世史』は、「推理ないし想像」の余地が大きい本能寺の変の黒幕捜しは〝素人〟でも参入しやすいとする。その上で、江戸時代からあった怨恨説、天下人になろうと謀反を起こした野望説、室町幕府に仕えた経験があり、勤王家ゆえに朝廷、幕府をないがしろにする信長を討った光

秀勤王家・幕臣説、一九九〇年代以降に登場した朝廷黒幕説、足利義昭黒幕説、イエズス会黒幕説などを紹介し、これら本能寺の〝真相〟の誤りや矛盾を指摘することで、「織田信長は決して万能の天才ではない。彼にも弱点はあり、隙もあった。明智光秀が己の才覚で信長を討ったことを殊更に訝る必要はない」と結論付けている。

信長の死は天才の悲劇として語られてきたが、武田勝頼は正反対で、長篠の合戦で信長に敗れて騎馬隊と多くの名将を失い、このミスを修復できないまま名門の武田家を滅亡に追い込んだ暗愚な武将とされてきた。ところが、平山優『武田氏滅亡』は、勝頼は長篠の合戦で信玄の時代から武田に仕える重臣を失ったが、それにより家中を掌握し、領土の拡大にも成功していたとする。その勝頼が武田を滅ぼす契機になったのは、上杉謙信亡き後に養子の景勝と景虎が争った御館の乱への介入だった。景虎は北条氏政の弟なので北条は景虎支持となり、武田と北条は甲相同盟を結んでいたので勝頼も景虎に味方すべきなのだが、中途半端な介入をした結果、北条との関係が悪化。北条と戦っている間に、国衆の離反を招き、さらに信長が本格的な侵攻を始めたことで勝頼は追い詰められていった、としている。

戦国最後の合戦ともいえる大坂夏の陣で勇戦するも力尽きた真田信繁は、江戸時代から人気があった。平山優『真田信繁 幸村と呼ばれた男の真実』は史料を駆使して、下手な小説よりも生々しく、信繁が死に至るまでの大坂夏の陣の終盤を活写していた。一般に家康は難癖をつけて開戦し、休戦協定を無視して大坂城の堀をすべて埋めるなど、謀略の限りを尽くして豊臣家を滅ぼしたとされるが、この解釈に一石を投じているのも興味深い。

さて、最も壮絶な最期を遂げた武将と言えば、戦国の〝三大梟雄〟の一人であり、名物・平蜘蛛の茶釜を抱いて爆死したとされる松永久秀だろう。江戸時代の儒学者・湯浅常山が武将の逸話をまとめた『常山紀談』には、家康が信長に対面した時、久秀を「将軍を弑し奉り、又己が主君の三好を殺し、南都の大仏殿を焚たる」――つまり、室町十三代将軍の足利義輝を殺し、主君の三好義興を毒殺し、東大寺の大仏殿を焼いたと紹介したとある。これらのエピソードは、久秀に言及した歴史小説では必ず出てくるが、天野忠幸『松永久秀と下剋上』は、義輝を討ち取ったのは「三好義継や三好長逸、松永久通」であり、久秀は「出陣すら」していなかったとする。大仏の焼き討ちも、久秀を犯人とする史料はなく「実際は両軍の戦闘により起こった不慮の事故に過ぎず、しかも放火は当時の一般的な戦闘行為の一環」に過ぎなかったとしている。

こうした新しい久秀像を踏まえて書かれたのが、本作である。

天野『松永久秀と下剋上』によると、久秀が初めて史料に登場するのは「三十三歳」の時だという。今村は前半生が不明なことを逆手に取り、両親が足軽に殺され、叔父叔母に引き取られるが厄介者扱いされ、弟と出奔したという久秀像を作ってみせたのである。

なぜ戦が続くのかさえ分からぬまま、食うため生きるために足軽になった久秀は、下の者にも気さくに声をかけてくる三好元長に字の上手さが認められ、祐筆になる。

ここから官僚になった久秀と武将となった弟・長頼の二人は、瞬く間に頭角を現し三好家になくてはならない存在になり、不遇な少年時代に誓った「この壊れた世を生き抜いた

兄弟」がいたという「生きた証」を残すために突き進んでいくことになった。

久秀と長頼は、「家の最も大事な宝は人」と考え、「武士以外にも視野を広げれば、まだまだ優秀な人材は潜んでいる」ので、「これを早期に取り入れること」が「次代を切り開く力」になるという先進的な考えを持つ元長に見出され、世にでるきっかけを摑む。この前半部は、格差の広がりで教育の機会を奪われている子供たちが増えているのに、それに十分な対策が行われていない現状への異議申し立てのようにも思えた。

今村は、久秀は主君暗殺、将軍弑逆など〝悪行〟と非難される行為には加担していなかったが、弁明もしなければ誤解を解こうともせず、逆に自らの悪行を喧伝さえした、とする。そこには「生きた証」を残そうとした強い意思があったのだ。

「生きた証」を残そうとした久秀は、自分を極限まで追い込み、驚くべき死まで演出してしまった。久秀の人生に触れると、歴史に名を残すことが幸せなのか、名もなき人間として生きた方がよいのかを考えずにはいられなくなる。

ブックガイド

武将の最期を描いた作品は、信長と光秀は時代の先駆者だった斎藤道三の精神的な弟子であり、互いが抱く愛憎が本能寺の変を引き起こしたとする司馬遼太郎『国盗り物語』、光秀は万民のため家臣を使い捨てる信長を討ったとする南條範夫『桔梗の旗風』、光秀は

京都の公家、町人の勢力と結び付いて謀反を起こしたとする津本陽『下天は夢か』、荒木村重、松永弾正、光秀といった信長に背いた武将に着目し、神になろうとした信長と絶対者に抗う人間という図式の中で本能寺の変をとらえた遠藤周作『反逆』、改革者の信長に既得権益を侵害された公家、座、寺社仏閣などが連携して信長を討ったとした池宮彰一郎『本能寺』、信長とイスパニアの外交交渉が本能寺の原因になったとする安部龍太郎『天下布武』、光秀は通説の五十五歳ではなく、六十七歳で本能寺の変を起こしたとする谷口克広『検証 本能寺の変』など、やはり歴史研究でも百花繚乱の本能寺の変の真相を扱った作品が多い。

大軍を率いながら寡兵の信長に桶狭間で討たれた今川義元は、愚将として歴史に名を残した。京の公家・中御門家から、駿河の今川氏親に嫁ぎ義元を生んだ寿桂尼を主人公に今川家を描いた永井路子『姫の戦国』は、義元を再評価する作品である。

本作と同じく松永久秀を主人公にした花村萬月『弾正星』は、義理や情に逆らって生きた久秀を、ピカレスクロマンの手法で描いていた。

かつては傲慢・非情・戦下手などの悪評が高かった石田三成だが、最近は最期まで豊臣家に忠義を尽くした清廉な武将として人気を集めている。吉川永青『治部の礎』は、三成が戦乱を終わらせるために、あえて憎まれ役を引き受けたとしている。徳川家康の姪・満天姫と石田三成の娘・辰姫が、共に嫁いだ津軽家で出会う葉室麟『津軽双花』、徳川家の重臣・本多正純と継室のお梅を軸に戦国末期から江戸初期を切り取った諸田玲子『梅もど

き』は、女性たちが、男が起こし敗者を悲劇に追い込む戦争の尻拭いをする物語だ。

信長はほとんど抵抗することなく光秀軍に討たれ、関ヶ原の合戦で敗れた三成は捕らえられ処刑された。これに対し、大坂夏の陣の豊臣方の名将たちは、最前線で華々しく散ったといえる。大坂の陣ではやはり真田幸村（信繁）が人気で、幸村を誰からも愛される真っ直ぐな人間とした池波正太郎『真田太平記』、幼い頃に人質に出された上杉家で「義」の大切さを学んだ幸村が、「義」など愚民を騙す方便と断じる父・昌幸とは違った生き方を模索する火坂雅志『真田三代』、宿敵の家康と戦うため大坂城へ入った真田幸村が、家康の首を取るための大勝負に出る海道龍一朗『華、散りゆけど』が代表作といえる。

大坂の陣では、幸村があまりに有名なため、ほかの武将が忘れ去られた感がある。これは江戸時代も同じだったようで、神沢杜口の随筆『翁草』は「惜い哉後世真田を云て、毛利を不云。是毛利が不肖歟」と書いている。ここでの「毛利」は毛利勝永のこと。勝永は池波正太郎が短編「紅炎」で取り上げたくらいだったが、近年、臆病者と笑われても生き延びろと諭す武将を描いた中路啓太『獅子は死せず』、大坂城に集った勝永らを浪人衆は、浪人の心を折り、滅ぼそうとする家康に対抗したとする仁木英之『真田を云て、毛利を云わず　大坂将星伝』が立て続けに刊行され注目を集めた。

松永弘高『戦旗　大坂の陣　最後の二日間』は、大坂夏の陣の最後の二日間に絞り、死に花を咲かせようとする後藤又兵衛、討死には誉れではなく負けても生きて帰れと息子の大助に語る幸村らの動向を群像劇として描いており、武将たちの死生観が伝わってくる。

ブックガイド　作品リスト（小説に限る）

※書誌情報に関しては『戦国の教科書』刊行時のものです。
また、出版社名のみ表記された作品は単行本で刊行のものです。

1限目　下剋上・軍師

- 司馬遼太郎『新装版 箱根の坂 上・中・下』（講談社文庫）
- 伊東潤『黎明に起つ』（講談社文庫）
- 中山義秀『戦国史記 斎藤道三』（光文社文庫）
- 宮本昌孝『ふたり道三 上・中・下』（徳間文庫）
- 宇月原晴明『黎明に叛くもの』（中公文庫）
- 木下昌輝『宇喜多の捨て嫁』（文春文庫）
- 坂口安吾『二流の人』（『白痴・二流の人』所収、角川文庫）
- 井上靖『風林火山』（新潮文庫）
- 火坂雅志『全宗』（小学館文庫）
- 火坂雅志『覇商の門 上・下』（祥伝社文庫）
- 火坂雅志『軍師の門 上・下』（角川文庫）
- 富樫倫太郎『早雲の軍配者 上・下』『信玄の軍配者 上・下』『謙信の軍配者 上・下』（以上すべて 中公文庫）

2限目　合戦の作法

- 簑輪諒『最低の軍師』（祥伝社文庫）
- 菊池寛『日本合戦譚』（文春文庫）
- 松本清張『私説・日本合戦譚』（文春文庫）
- 海音寺潮五郎『武将列伝 全五巻』（文春文庫）
- アンソロジー『決戦！シリーズ』（単行本と文庫のものがある）
- 鈴木英治『新装版 義元謀殺 上・下』（講談社）
- 阿郷舜『桶狭間 天空の砦』（新潮社）
- 山本兼一『雷神の筒』（集英社文庫）
- 伊東潤『天地雷動』（角川文庫）
- 岡田秀文『賤ヶ嶽』（双葉文庫）
- 司馬遼太郎『関ヶ原 上・中・下』（新潮文庫）
- 中路啓太『うつけの采配 上・下』（中公文庫）
- 矢野隆『我が名は秀秋』（講談社文庫）
- 大塚卓嗣『鬼手 小早川秀秋伝』（光文社）

3限目　海賊

- 天野純希『衝天の剣 島津義弘伝 上』『回天の剣 島津義弘伝 下』（ハルキ文庫）
- 木下昌輝『宇喜多の楽土』（文藝春秋）
- 隆慶一郎『一夢庵風流記』（集英社文庫）
- 谷津矢車『某には策があり申す 島左近の野望』（ハルキ文庫）
- 津本陽『鉄砲無頼伝』（実業之日本社文庫）
- 近衛龍春『九十三歳の関ヶ原 弓大将大島光義』（新潮文庫）
- 白石一郎『海狼伝』（文春文庫）
- 和田竜『村上海賊の娘 全四巻』（新潮文庫）
- 隆慶一郎『見知らぬ海へ』（講談社文庫）
- ジェームズ・クラベル『将軍 SHOGUN』（TBSブリタニカ）
- 武川佑『落梅の賦』（講談社）
- 伊東潤『幻海 The Legend of Ocean』（光文社文庫）
- 陳舜臣『戦国海商伝 上・下』（講談社文庫）
- 山本兼一『銀の島』（朝日文庫）

○ 川越宗一『天地に燦たり』（文藝春秋）

○ 岩井三四二『太閤の巨いなる遺命』（講談社）

○ 司馬遼太郎『夏草の賦』上・下（文春文庫）

○ 山岡荘八『伊達政宗 全八巻』（講談社山岡荘八歴史文庫）

○ 柳広司『風神雷神 風の章／雷の章』（講談社）

4限目 戦国大名と家臣

○ 吉川永青『悪名残すとも』（角川文庫）

○ 海道龍一朗『我、六道を懼れず 真田昌幸連戦記 立志篇／立国篇』（PHP文芸文庫、それぞれ上下巻）

○ 伊東潤『吹けよ風 呼べよ嵐』（祥伝社文庫）

○ 岩井三四二『城は踊る』（角川文庫）

○ 長谷川卓『もののふ戦記 小者・半助の戦い』（ハルキ文庫）

○ 藤沢周平『密謀 上・下』（新潮文庫）

○ 滝口康彦『立花宗茂と立花道雪』（学陽書房人物文庫）

○ 古川薫『失楽園の武者 小説・大内義隆』（講談社文庫）

○ 火坂雅志『天地人 上・下』（文春文庫）

○ 葉室麟『無双の花』（文春文庫）

○ 天野純希『南海の翼』（集英社文庫）

○ 安部龍太郎『冬を待つ城』（新潮文庫）

○ 高橋克彦『天を衝く 全三巻』（講談社文庫）

○ 上田秀人『鳳雛の夢 上・中・下』（光文社文庫）

○ 赤神諒『大友二階崩れ』（日本経済新聞出版社）

5限目 宗教・文化

○ 火坂雅志『黒衣の宰相』（文春文庫）

○ 岩井三四二『十楽の夢』（文春文庫）

○ 北方謙三『魂の沃野』（中央公論新社）

○ 邦光史郎『利休と秀吉』（集英社文庫）

○ 海音寺潮五郎『茶道太閤記』（文春文庫）

○ 野上彌生子『秀吉と利休』（中公文庫）

○ 井上靖『本覚坊遺文』（講談社文芸文庫）

○ 山本兼一『利休にたずねよ』（PHP文芸文庫）

○ 加藤廣『利休の闇』（文春文庫）

○ 伊東潤『天下人の茶』（文春文庫）

○ 葉室麟『孤篷のひと』（KADOKAWA）

○ 岩井三四二『戦国連歌師』（講談社文庫）

○ 奥山景布子『秀吉の能楽師』（中公文庫）

○ 安部龍太郎『関ヶ原連判状 上・下』（集英社文庫）

○ 山本兼一『花鳥の夢』（文春文庫）

○ 安部龍太郎『等伯 上・下』（文春文庫）

○ 谷津矢車『洛中洛外画狂伝 狩野永徳』（徳間文庫）

○ 葉室麟『墨龍賦』（PHP研究所）

6限目 武将の死に様

○ 司馬遼太郎『国盗り物語』（新潮文庫、全四冊）

○ 南條範夫『桔梗の旗風 上・下』（角川文庫、全四巻）

○ 津本陽『下天は夢か』（角川文庫）

○ 遠藤周作『反逆 上・下』（講談社文庫）

○ 池宮彰一郎『本能寺 上・下』（角川文庫）

○ 安部龍太郎『天下布武 上・下』（角川文庫）

○ 岩井三四二『光秀曜変』（光文社文庫）

○ 永井路子『姫の戦国 上・下』（文春文庫）

○ 花村萬月『弾正星』（小学館文庫）

○ 吉川永青『治部の礎』（文春文庫）

○ 諸田玲子『梅もどき』（角川文庫）

○ 池波正太郎『真田太平記』（新潮文庫、全十二巻）

○ 火坂雅志『真田三代 上・下』（文春文庫）

○ 海道龍一朗『華、散りゆけど』（集英社文庫）

○ 中路啓太『獅子は死せず 上・下』（中公文庫）

○ 仁木英之『真田を云て、毛利を云わず 大坂将星伝 上・下』（講談社文庫）

○ 松永弘高『戦旗 大坂 大坂の陣 最後の二日間』（朝日新聞出版）

●略歴

矢野 隆（やの・たかし）

1976年福岡県生まれ。2008年『蛇衆』にて第21回小説すばる新人賞を受賞。時代・歴史小説を中心に執筆し、人気ゲームや大ヒットマンガのノベライズも手がける注目の気鋭作家。近著に『朝嵐』など。

学生時代好きだった科目と一言コメント：美術。「小学二年生のころから漫画家を目指していて、ノートや教科書の白いところに片っ端から落書きしまくっていました。中学生の頃、美術の先生に『お前は凄い！』と言われて以来、自分は特別なんだと勘違い。専門学校で本当の化け物に出会うまで、哀しくて悲しい勘違いは続きました」

木下昌輝（きのした・まさき）

1974年奈良県生まれ。近畿大学理工学部建築学科卒。2012年『宇喜多の捨て嫁』でオール讀物新人賞を受賞。14年、受賞作を含む単行本『宇喜多の捨て嫁』が第152回直木賞候補となり、15年に第4回歴史時代作家クラブ賞新人賞、第9回舟橋聖一文学賞、第2回高校生直木賞を受賞。近著に『金剛の塔』など。

学生時代好きだった科目と一言コメント：世界史。「資料集に掲載されたシルクロードのオアシス都市の写真を飽かず眺め続ける変な学生でした。いつかシルクロードを旅し、舞台にした小説を書きたいです」

天野純希（あまの・すみき）

1979年愛知県生まれ。愛知大学文学部史学科卒業後、2007年に『桃山ビート・トライブ』で第20回小説すばる新人賞を受賞しデビュー。13年『破天の剣』で第19回中山義秀文学賞を受賞。近著に『もののふの国』など。

学生時代好きだった科目と一言コメント：無し。「基本的に学校の勉強が苦手で運動神経も美術センスも微妙だったので、どれだけ考えても好きな教科が思い浮かばないです」

武川 佑（たけかわ・ゆう）

1981年神奈川県生まれ。立教大学文学研究科博士課程前期課程（ドイツ文学専攻）卒。書店員、専門紙記者を経て、2016年、「鬼惑い」で第1回「決戦！小説大賞」奨励賞を受賞。甲斐武田氏を描いた書

澤田瞳子
（さわだ・とうこ）

1977年京都市生まれ。同志社大学文学部文化史学専攻卒、同大学院博士前期課程修了。2010年『孤鷹の天』で小説家デビュー。同作により第17回中山義秀文学賞を最年少受賞。13年『満つる月の如し』で第2回本屋が選ぶ時代小説大賞ならびに第32回新田次郎文学賞を受賞。近著に『月人壮士』など。

学生時代好きだった科目と一言コメント：世界史。「一学期に古代エジプト、二学期で古代ギリシア、三学期に古代ローマを教えてくれた世界史の先生がいました。最後の授業はゲルマン民族の大移動。世界史というより古代地中海世界史でしたが、あれは楽しかったなあ」

今村翔吾
（いまむら・しょうご）

1984年京都府生まれ。2017年『火喰鳥 羽州ぼろ鳶組』でデビューし、同作で第7回歴史時代作家クラブ賞・文庫書き下ろし新人賞を受賞。「羽州ぼろ鳶組」は大ヒットシリーズとなり、第4回吉川英治文庫賞候補に。18年『童神』（刊行時『童の神』に改題）で第10回角川春樹小説賞を受賞、同作は第160回直木賞候補となった。近著に『てらこや青義堂 師匠、走る』、他の文庫書き下ろしシリーズに「くらまし屋稼業」がある。

学生時代好きだった科目と一言コメント：家庭科。「風貌に似合わず料理や裁縫が得意です。得意料理は春キャベツのハンバーグ。裁縫の授業で自由に何かを作ることになり、手縫いで半纏を縫い上げました」

末國善己
（すえくに・よしみ）

1968年広島県生まれ。明治大学卒。専修大学大学院博士後期課程単位取得退学。文芸評論家。おもな著書に『夜の日本史』など。

学生時代好きだった科目と一言コメント：世界史。「中国史だけ苦手でしたが、もう少し漢文も含めて勉強しておけばと後悔しています」

本書は書き下ろしです。

戦国の教科書

二〇一九年七月二十九日　第一刷発行

著者　矢野隆　木下昌輝　天野純希
　　　武川佑　澤田瞳子　今村翔吾
　　　末國善己

発行者　渡瀬昌彦

発行所　株式会社講談社
　　　〒一一二−八〇〇一　東京都文京区音羽二−一二−二一
　　　電話　出版　〇三−五三九五−三五〇五
　　　　　　販売　〇三−五三九五−五八一七
　　　　　　業務　〇三−五三九五−三六一五

印刷所　豊国印刷株式会社

製本所　株式会社国宝社

本文データ制作　講談社デジタル製作

定価はカバーに表示してあります。

落丁本・乱丁本は購入書店名を明記のうえ、小社業務宛にお送りください。送料小社負担にてお取り替えいたします。なお、この本についてのお問い合わせは、文芸第二出版部宛にお願いいたします。本書のコピー、スキャン、デジタル化等の無断複製は著作権法上での例外を除き禁じられています。本書を代行業者等の第三者に依頼してスキャンやデジタル化することはたとえ個人や家庭内の利用でも著作権法違反です。

© Takashi Yano, Masaki Kinoshita, Sumiki Amano,
Yu Takekawa, Toko Sawada, Shogo Imamura, Yoshimi Suekuni 2019
Printed in Japan
ISBN978-4-06-516490-7
N.D.C. 913 286p 19cm